ミステリ文庫
〈HM㉒-12〉

来訪者

〔新訳版〕

ロアルド・ダール
田口俊樹訳

早川書房
7602

SWITCH BITCH

by

Roald Dahl

Translated by

Toshiki Taguchi

Published 2015 in Japan by

HAYAKAWA PUBLISHING, INC.

This book is published in Japan by

arrangement with

ROALD DAHL NOMINEE LIMITED

c/o DAVID HIGHAM ASSOCIATES LTD.

through TUTTLE-MORI AGENCY, INC., TOKYO.

www.roalddahl.com

目次

来訪者　7

夫婦交換大作戦　97

やり残したこと　147

雌犬《ビッチ》　207

訳者あとがき　265

Illustration 山崎若菜

来訪者〔新訳版〕

来訪者

わが家の玄関先に鉄道便で大きな木箱が届いたのはつい最近のことだ。それはすこぶる頑丈に造られた木箱で、マホガニーに似た赤黒い色調の堅木でできていた。私は大変な苦労の末になんとかその箱を庭のテーブルに運び上げ、とくと観察した。箱の一面にステンシル印刷で荷印が刷り込まれていて、ハイファ（イスラエル北部の港市）から商船〈ウェイヴァリー・スター〉号で出荷されたことはわかるものの、送り主の名前と住所は見あたらなかった。ハイファかその近辺に住んでいて、私にすばらしい贈りものを届けようなどと思ってくれる相手が誰かいただろうか。誰ひとり思い浮かばなかった。私はなおも考えながらゆっくりと道具小屋に向かい、ハンマーとドライヴァーを手に戻った。それから木箱の蓋を丁寧に開けはじめた。

開けてびっくり、中身は本でいっぱいだった！　それも眼を見張るような豪華な装丁の本がぎっしりと詰められていた！　一巻一巻、私はそれらをすべて箱から取り出し（本の中身は見ないで）テーブルの上に三つに分けて高く積み上げた。全部で二十八巻。実に美しい眺めだった。どれも同じように上等なグリーンのモロッコ革で見事に装丁されていて、背にはO・H・Cのイニシャルとローマ数字がひとつずつ（IからXXVIIIまで）金文字で刻印されていた。

手近にあった第十六巻を取り上げて開いてみた。無罫の白いページがびっしりと、黒インクの細かい丁寧な筆跡で埋まっていた。扉には〝一九三四〟とあるだけだった。別の巻を手に取ってみた。第二十一巻。こちらも同じ筆跡だが、扉には〝一九三九〟とある。私はその巻を置いて、今度は第一巻を引っぱり出した。序文のようなものか、あるいは著者の名前でも見つかるのではないかと思ったのだが、かわりに表紙の裏にはさんだ封筒が見つかった。私に宛てたものだった。中にはいっている手紙を取り出して、すぐに署名を見た。オズワルド・ヘンドリクス・コーネリアスとあった。

オズワルド叔父だ！

オズワルド叔父が一族と音信不通になってから三十年以上が経っていた。手紙は一九六四年三月十日付になっており、これが届くまで、われわれとしては、彼はまだ生きているものとただ推測するしかなかった。彼の存在はほとんど謎に包まれていた——かつてフランスに住んでいたこと、大の旅行家だったこと、大金持ちの独身者で、不品行にして華やかな生活を送り、一切の親戚づきあいを拒んでいたこと。わかっているのはそれだけだ。あとはすべて聞き伝えの噂にすぎなかった。が、そうした噂があまりに壮麗でエキゾティックなものばかりだったので、オズワルド叔父はすでにずいぶん以前から一族の輝ける英雄であり、伝説的存在だった。

その手紙は〝親愛なる甥よ〟という書き出しで始まっていた。

現在生き残っている親族のうち、私と最も近い血縁関係にあるのはおまえとおまえの三人の姉妹たちだろう。したがって、おまえたちが私の正当な相続人である。私は遺言書を書いていないから、死後に遺ったものはすべておまえたちのものとなる。と言っても、悲しいかな、私には遺せるものが何もない。以前は一財産あったのだが、最近になってすべて自分なりのやり方で処分した。それはおまえたちにはなんの関係もないことだ。しかしながら、せめてもの慰めとして、おまえに私の個人的な日記を送ることにする。なぜなら、こういうものは一族に受け継がれるべきものと思うからだ。この日記には私の人生最良の日々があますところなく記されている。おまえが読むぶんにはなんの問題もない。が、これらの日記を他人に貸したり見せまわったりすれば、おまえ自身が多大な危険にさらされることになる。さらにこれらを出版でもしようものなら、おまえも出版社も同時に破滅することになるだろう。それと言うのも、この日記に登場する何千というヒロインたちは棺桶に足を半分突っ込みながらもまだ存命であり、おまえが愚かにも彼女たちの白百合のごとき清らかな名声を破廉恥な印刷物によって汚すようなことがあれば、彼女たちは瞬時におまえの首をはねて盆にのせ、さらにはオーヴンで焙り焼きにしてしまいかねないからだ。だからくれぐれも気をつけるように。おまえとは一度だけ会ったことがある。あれは一九二一年のはるか昔、おまえたち一家が南ウェールズのあの醜悪な屋敷に住んでいた頃のことだ。私はおまえの大きな叔父さんで、おまえはまだ五歳くらいで、ほんの小さな子供だった。だから、おまえは当時おまえの家にいた若いノルウェー人の子守のことは覚えておるまい。彼女はとても身ぎれいで体格がよく、お仕着せを着ていても――馬鹿に糊の利いた白い盾のような生地にその愛らしい乳房を隠していても――そのすばらしい体つきがうかがえた。その日の午後、彼女はおまえを連れて森へ青い釣鐘草《ブルーベル》を摘みにいくところだったので、私は一緒に行ってもいいかと声をかけた。そうして森の奥まで来たとき、私はおまえに、ひとりでさきに帰れたらチョコレートバーを一本やろうと言った。言われたとおり、おまえはひとりで帰った

（第三巻参照）。おまえは実にものわかりのいい子供だった。さらばだ——オズワルド
・ヘンドリクス・コーネリアス

突然のこの届けものにわが家は興奮で沸き返り、みんながさきを争って日記を読んだ。期待は裏切られなかった。その内容は実に驚くべきものだった——途方もなく愉快でウィットに富み、わくわくさせられると同時に、きわめて感動的なところが随所にあった。叔父は信じがたいほどの精力の持ち主だった。片時も休むことなく街から街へ、国から国へ、女から女へと渡り歩き、情事の合間にカシミールでクモを採取し、南京で青磁の花瓶を探し出すという芸当をやってのけていた。が、どんなときでも第一に優先されるのは女だった。どこへ行っても、彼の通ったあとには女性たちの痕跡が尽きることなく続いていた。ことばにならないほど心乱れ、われを忘れ、満足げにごろごろと喉を鳴らす猫のような女性たちの痕跡だ。

全二十八巻、それも各巻ちょうど三百ページずつ。そうたやすく読破できるものではない。それほどの長さのものに読者を惹きつけておけるのは、少数の選ばれた書き手だけだろう。オズワルドはそれをやってのけていた。その語り口から味わいが失われることはなく、話が中だるみすることもなく、どのエピソードを採っても必ずと言っていい

ほど——長かろうと短かろうと、また題材のいかんにかかわらず——驚嘆すべき独立した小篇として見事に完結していた。その結果、最後まで——最終巻の最後のページまで——読みおえた者はまさに息を呑みつつ思うことになる。これはひょっとしたらわれらが時代を代表する自叙伝の大傑作なのではないか、と。

この日記を単にひとりの男の女性遍歴一代記としてとらえた場合、断言してもいいが、これに比肩しうるものは存在しない。カサノヴァの『回想録』もこれに比べればまるで教区雑誌のようだ。そもそも偉大な漁色家であるカサノヴァ自身、オズワルドのまえでは不能者も同然だ。

そして、どのページもいわば〝社会的な爆弾〟を抱えている。その点はオズワルドの言うとおりだが、その爆発はすべて女性たちによってもたらされるだろうという彼の考えはまちがっている。夫たちはどうなる？　妻を寝取られ、辱められた雄スズメ（喧嘩っ早い小男の意味もある）たちは？　かっとなった寝取られ亭主はまさに荒々しい猛禽と化す。彼らが健在なうちに『コーネリアス日記』の無削除版が陽の目を見れば、それこそ何千という猛禽が怒り狂って藪の中から飛び出すだろう。だから出版などそもそも論外だった。

なんとも残念なことに。実際、そのあまりの残念さに、私はなんとかならないものかと思い、腰を落ち着けて、日記をもう一度始めから終わりまで読み返した。出版社も私自身も深刻な訴訟問題に巻き込まれることなく、完全な形で出版できるエピソードが少なくともひとつは見つかるのではないかと思ったのだ。すると、嬉しいことにそうした話が六つも見つかった。それらを弁護士に見せると、たぶん〝無難〟だとは思うが、保証はできないと言われた。強いて言えば、そのうちのひとつ――シナイ砂漠のエピソード――がほかの五つに比べて〝より安全〟に思える。そう言われた。

そこで私はこの短い序文のあとに、まずその一篇を発表することに決め、さっそく出版に取りかかることにした。もしこれが出版されて万事順調に事が運べば、さらにもう一篇か二篇、発表することも考えている。

このシナイ砂漠のエピソードは最終巻の第二十八巻に収められており、日付は一九四六年八月二十四日となっている。実のところ、これこそが最終巻の中の最終話、つまりはオズワルドの絶筆なのだ。その日以降、彼がどこで何をしていたのかについては一切記録がなく、読者は想像するしかない。これからそのエピソードを一字一句そのままに引用したものをお眼にかけるが、そのまえにまずは文中のオズワルドの言動をいくらかでも理解しやすくするために、彼自身の人となりについて少し説明しておきたいと思う。彼のその人物像は、二十八巻の日記に収められた膨大な量の告白や意見を読めば、きわめて鮮明に浮かび上がってくる。

このシナイ砂漠のエピソードを体験した当時、オズワルド・ヘンドリクス・コーネリアスは五十一歳だった。が、結婚したことは一度もない、もちろん。「幸か不幸か」——と彼は繰り返し述べている——「私は並はずれて潔癖な性格に生まれついてしまったのである」

これはいくつかの点では真実だが、そのほかの点、こと結婚に関して言えば、真相とはまるっきり逆の発言だ。

オズワルドが最後まで結婚を拒んだほんとうの理由は、ただ単にひとりの女性を征服したが最後、その女性への関心を持続できたためしがないからだ。ひとたび手に入れてしまうと彼はその相手への興味を失い、次の獲物を探しはじめるのだ。

まともな男なら誰でも、そんなものが独身を貫くための正当な理由になるとはとても思わないだろう。が、オズワルドはまともな男ではなかった。まともな一夫多妻主義者ですらなかった。ありていに言えば、彼はどうしようもなくふしだらで救いようのない女たらしだったということだ。そんな彼を相手に、ハネムーン期間はおろか、ほんの二、三日でも我慢できる花嫁などいるわけがない——もっとも、それでも彼と結婚してみたいと思った女性があとを絶たなかったのは明らかな事実なのだが。

彼は長身で細身の容姿に、繊細でそこはかとなく優美な雰囲気をまとっていた。声はおだやかで物腰は礼儀正しく、一見すると名だたる人でなしというより、女王に仕える侍従のように見えた。他人のまえで自分の情事を話題にすることは絶対になかった。赤の他人が彼と差し向かいで一晩じゅう語り合っても、オズワルドのその澄んだ青い眼から彼の不実をわずかにしろ読み取ることはできないだろう。実際、彼は心配性の父親から娘を無事に家までエスコートする役目を仰せつかりそうな、まさにそんな類いの男だった。

しかし、ひとたびオズワルドが女性——彼の気をそそる女性——のそばに坐ればどうなるか。その眼は一変し、相手を見つめる瞳の中心に小さな妖しい炎がゆっくりとちらつきはじめる。それから彼は会話で相手を籠絡しにかかる——矢継ぎ早に、ことば巧みに、それまで誰も聞いたことのないほど機知に富んだ声音で。これは彼が天から授かった類い稀な才能だった。彼がそこに全精力を注ぎ込めば、彼のことばはぐるぐると渦を巻くように聞き手をからめ取り、やがて相手は軽い催眠術にでもかかったように陶然となるのである。

とはいえ、女性たちを魅了したのは、彼の巧みな話術と妖しい眼ざしだけではない。彼の鼻もまた重要な役割を果たしていた。（第十四巻で、オズワルドはある女性からの手紙をいかにも面白がって載せているのだが、そこには次のような内容が実に詳しく描写されている）どうやらこういうことらしい——オズワルドがその気になると、鼻孔のまわりが奇妙に蠢《うごめ》きはじめ、ふちがぴんと張って鼻の穴がふくらみ、内側の真っ赤な皮膚一面が丸見えになる——と文字で説明しても、大して魅力的に聞こえないかもしれないが、これが奇妙に荒々しく野性的な印象を与え、女性たちに電撃的な効果を及ぼすらしい。

実際、女性たちはみな必ずと言っていいほどオズワルドに惹きつけられた。まず第一に、彼は何があっても金で買われるような男ではなかった。そのこと自体が彼の値打ちを高めた。さらにそこへ抜群の知性と底知れぬ魅力、それに稀代の漁色癖という稀有な組み合わせが加われば、まさに向かうところ敵なしだ。

しかし、そうしたいかがわしくも放埒な側面はさておき、オズワルドという人物にはそれ以外にも数々の——それ自体が他人の好奇心をそそるような——驚くべき特性が備わっていたことにも触れておかねばならない。たとえば十九世紀のイタリア・オペラについて彼が知らないことはほとんどなかった。彼はドニゼッティ、ヴェルディ、ポンキエッリという当時の作曲家三人についての興味深い解説書までものしているが、そこでは彼らの人生において重要な役割を演じた愛人たちの名前が列挙され、さらには創造的情熱と肉欲の関係および互いへの影響が、特に彼らの作品との関わりにおいて、きわめて真剣に考察されている。

中国磁器もオズワルドの趣味のひとつで、彼はこの分野のちょっとした権威として世界的に知られていた。中でも明朝の成化帝時代の青花磁器に情熱を注いでおり、小規模ながらも厳選された見事なコレクションを持っていた。

彼はまたクモとステッキの蒐集家でもあった。

彼のクモのコレクション――サソリなどの節足動物も含むため、より正確にはクモ形綱のコレクションというべきだが――はどんな博物館にもひけをとらないほど広範囲に及ぶもので、何百という属や種に関する彼の知識には驚嘆すべきものがあった。ついでながら（そしておそらくは正しくも）彼は蚕の繭から紡いだ一般の絹糸よりクモの糸のほうが品質的にすぐれていると考えており、それ以外の素材でできたネクタイは決して身に着けなかった。そうしたネクタイを全部で四十本ほど持っているのだが、まずそれらを手に入れるため、そしてまた年に二本ずつ新たな衣裳に加えていくため、何千何万という数のニワオニグモ（イギリスで普通に見られる大型種のオニグモ）をパリ郊外の別荘の庭にある古い温室で飼育していた。その温室では繁殖と共食いがほぼ同じ割合でおこなわれていて、彼はそこで自ら原料の生糸を採取し――そのおぞましい温室にはいろうとする人間はほかにはいなかった――製糸・洗浄・染織の工程にかけるためアヴィニョンに送った。できあがった生地はアヴィニョンから一流紳士服メーカーのスルカ社に直送され、世にも稀少なすばらしいネクタイの素材として大喜びで迎えられたのである。

「でも、まさかほんとにクモが好きなわけじゃないんでしょう？」オズワルドのコレクションを見せられた女性たちは決まってそんな質問をした。

「いやあ、可愛くてたまりません」というのが彼の答だった。「特に雌たちときたら、私の知り合いのご婦人方に実によく似ていましてね。私の大好きなご婦人方のことを思い出させてくれるんです」

「馬鹿な冗談はやめて、ダーリン」

「冗談？　ほんとうのことですよ」

「女性に失礼じゃないの」

「とんでもない。むしろ最大級の賛辞と言っていいくらいです。たとえばこんな話を聞いたことがありませんか？　交尾のときの雌グモの獰猛なことと言ったら。しまいには雄が食われてしまうんです。命からがら逃げ出せた雄は非常に幸運だと言えるでしょう。抜群にすばしこくて頭のいいやつだけが五体満足で逃げ出せるんです」

「オズワルド！」

「それにカニグモの雌ときたら、あのごくごくちっちゃなカニグモがです。危険なほど情熱的なので、雄は自分の糸で彼女をぐるぐるに縛りつけておいてから、ようやく手を出すことができるんです……」

「もう、オズワルドったら、いい加減にして！」女性たちは眼を輝かせながらそう叫ぶのだった。

オズワルドのステッキのコレクションもこれまた大したもので、その一本一本が歴史上名高い――もしくは悪名高い――人物の所有していたものだった。彼はそれらをすべてパリのアパルトマンの居間から寝室へと続く廊下（ハイウェイとでも呼ぶべきだろうか？）の両側の壁に設えた二台の長いラックに展示しており、ステッキの上には象牙製の表示板があって、それぞれにかつての所有者の名前が記されていた。シベリウス、ミルトン、ファールーク一世、ディケンズ、ロベスピエール、プッチーニ、オスカー・ワイルド、フランクリン・ルーズヴェルト、ゲッベルス、ヴィクトリア女王、トゥールーズ＝ロートレック、ヒンデンブルク、トルストイ、ピエール・ラヴァル、サラ・ベルナール、ゲーテ、ヴォロシーロフ、セザンヌ、東条英機……全部で百本以上あったにちがいない。非常に美しいもの、きわめて簡素なもの、金や銀の頭飾りのあるもの、柄の部分が湾曲したもの。

「トルストイを手に取ってごらんなさい」オズワルドは美人の客を促してそんなふうに言うわけだ。「さあ、どうぞ、手に取って……そうです……そうしたら今度は……握りの部分を手のひらでそっと撫でてごらんなさい。偉大な文豪その人の手によってつるつるに摩耗しているでしょう。自分の肌がそこに触れているだけですばらしい心地がしませんか？」

「ええ、とってもすばらしい気分ね」

「では、今度はゲッベルスを手に取って同じようにしてごらんなさい。と言っても、厳密にやらなくちゃいけません。柄をしっかりと握って……よろしい……さあ、それから……その上に体重をかけて、強く寄りかかるんです、あの足の悪い小さな博士《ドクトル》がやっていたのと同じように……そう……それでいい……そのまましばらくじっとしていると、どうです、氷のように冷たい細い指があなたの腕をそろそろと伝って、胸の中に這い寄ってくるのを感じませんか？」

「いやだ、怖いわ！」

「そうでしょうとも。気を失ってしまう人もいるくらいなんです。そういう人はすぐにひっくり返ります」

オズワルドと一緒にいて退屈する者はひとりもいなかった。おそらくはそれこそが彼の成功の一番の秘訣だろう。

それではそろそろシナイ砂漠のエピソードに移るとしよう。オズワルドはその月、ハルトゥーム（スーダンの首都）からカイロまできわめてのんびりしたペースでドライヴを愉しんでいた。彼の車は超高級車ラゴンダの戦前モデルで——戦時中はスイスで厳重に保管されていた——ご想像どおり、ありとあらゆる機能が装備されていた。シナイ砂漠にはいる前日（一九四六年八月二十三日）はカイロのシェファード・ホテルに泊まっていたのだが、その夜はあれこれ策を弄して、イザベラという名の貴族の血すじと思われるムーア人の女性をまんまとものにしていた。実はイザベラはほかでもない、悪名高く気むずかしいさる高貴な人物（エジプトはその当時まだ君主国だった）の愛人で、嫉妬深い彼に厳重に監視されていた。いかにもオズワルドらしい逸話と言えるだろう。

　が、これにはまだ続きがある。真夜中になると、彼はイザベラを車でギザに連れ出し、彼女をうまく言いくるめて、月明かりのもと、一緒にクフ王の大ピラミッドの頂上にのぼった。

「……暖かな満月の夜のピラミッドの頂上」と彼は日記に書いている。「これほど安全でロマンティックな場所はほかにない。壮大な眺めはもちろん、高所から世界を見晴らすとき全身に満ちるあの不思議な力の感覚にも情熱が掻き立てられる。それに安全面について言えば――このピラミッドの高さはちょうど四百八十一フィート、つまりセント・ポール大聖堂のドームより百十五フィート高く、頂上からはすべての登り道をいともたやすく見渡すことができる。この世のどんな婦人の私室《ブドワール》もこれほど便利にできていなければ、これほどたくさん非常口が設けられてもいない。ここでは、不吉な追っ手の影がピラミッドの一方の斜面をよじのぼってきたとしても、反対側の斜面をそっと静かにすべり降りればいいのだから……」

実際、その夜オズワルドは間一髪で難を逃れることになる。この小さな逃避行の知らせがなんらかの形で宮殿に届いたにちがいない。その証拠に、月明かりに照らされた頂上で突然、彼は不吉な影が三つ――ひとつではない――別々に三方から迫り、のぼってくることに気づいた。が、彼にとって幸運だったのは、クフ王の大ピラミッドには四つ目の面があったことだ。だから、アラブ人の刺客たちが頂上に達する頃には、恋人たちはすでに地面に降り立って車に乗り込んでいた。

八月二十四日の日記はちょうどそこから始まる。オズワルドが書いたとおりに一字一句そのまま記載した。加筆・修正・削除等の改変は一切おこなっていない。

一九四六年八月二十四日

「今捕まったら、イザベラは首、ちょん切られる」とイザベラは言った。

「馬鹿な」と私は応じたものの、おそらく彼女の言うとおりだと思った。

「オズワルドも首、ちょん切られる」と彼女は言った。

「いや、私は平気だよ。陽が昇る頃にはずっと遠くにいるはずだから。これからルクソールをめざして、まっすぐナイルの上流に向かうんだ」

実際、われわれはピラミッド群からすばやく遠ざかっていた。時刻はほぼ午前二時半。

「ルクソールに行くの？」と彼女は言った。

「そうだ」

「イザベラも一緒に行くのね」

「いや」と私は言った。

「行くわ」と彼女は言った。

「女性を連れて旅をするのは私の主義に反するんだ」と私は言った。

前方に明かりが見えてきた。メナ・ハウス・ホテルの明かりだ。ピラミッド地帯からそう離れていない砂漠の中に建っている。私は建物のすぐそばまで行って車を停めた。

「ここで降りてくれないか」と私は言った。「愉しかったよ」

「ほんとにイザベラをルクソールに連れていかないのね？」

「残念ながら」と私は言った。「さあ、早く降りて」

彼女は車から降りはじめた。が、路上に片足を降ろしたところではたと動きを止め、突然振り返ると、私に猛然と罵声を浴びせてきた。これほど下品なことばの奔流が女性の口から発せられるのを聞くなど、あのとき以来絶えてなかったことだ……そう、一九三一年にマラケシュで、あの欲深なグラスゴー老公爵夫人がチョコレートの箱に手を突っ込んで、私が盗難防止のため、中に入れておいたサソリに指をはさまれたとき以来（第十三巻、一九三一年六月五日）。

「きみにはもううんざりだ」と私は言った。

イザベラは車から飛び出ると、車体が跳ねるほどの勢いでドアを叩きつけた。私は猛スピードで走り去った。彼女を放り出せてせいせいしていた。私は美人の不作法には我慢がならない。

運転しながらミラーに眼を配った。追いかけてくる車はとりあえずなさそうだった。カイロの郊外まで来ると、市の中心部を避けて脇道を縫うように進んだ。それほど心配していたわけではない。王宮の番犬どもがこれ以上ことを大きくするとは考えにくかった。とは言うものの、ここでシェファード・ホテルに戻るのは無謀というものだ。戻る必要もなかった。小型のスーツケース以外の荷物はすべてこの車中に積んであった。私はホテルから異国の街に一晩繰り出すとき、荷物を部屋に置いたままにするようなことは絶対にしない。いつでも自由に動けるのがいい。

当然、ルクソールに行くつもりなどなかった。今すぐエジプトから抜け出したかった。この国が嫌でたまらなかった。考えてみれば、好きだと思ったことは一度もない。どうにも不快に思えてならないのだ。おそらくはその汚さと悪臭のせいだろう。実際問題、この国は不潔である。それにこんなことは言いたくないが、エジプト人はほかのどんな民族と比べても——モンゴル人は別かもしれないが——ほとんど体を洗わないのではないかと私は強く疑っている。食器類を充分に洗わないことは確かだ。まさかと思うだろうが、昨日の朝食で私のまえに置かれたカップのふちには、コーヒー色の長々とした唇の跡がこびりついていた。ああ、ぞっとする！　私はそれを凝視しながら、この締まりのない下唇の持ち主はいったいどんなやつだろうと考えをめぐらせたものだ。

今、私はカイロの東のはずれの狭く汚い道を次々と走り抜けていた。行き先ははっきりしている。イザベラとピラミッドを半分も降りないうちから決めていた。エルサレムだ。大した距離ではない。エルサレムは私のお気に入りの街でもある。それにエジプトから抜け出すには、それが一番の近道だ。計画は次のとおり。

一　カイロからイスマイリアへ。車で約三時間。いつものように道中でオペラ全幕を歌う。午前六時から七時のあいだにイスマイリアに到着。宿をとって二時間眠る。そのあとシャワー、ひげ剃り、朝食。
二　午前十時、イスマイリアの橋を渡ってスエズ運河を横断。シナイ半島を横切る砂漠の道を通ってパレスティナの国境へ。途中シナイ砂漠でサソリを探す。所要時間は約四時間。午後二時にパレスティナ国境に到着。
三　そこからまっすぐベエルシェバ経由でエルサレムに向かい、カクテルとディナーの時間までにキング・デイヴィッド・ホテルに到着。

以前にあの砂漠の道を通ってからもう何年にもなるが、シナイ砂漠がサソリの宝庫であることは覚えていた。私はどうしてもトリカラースコーピオンの雌をもう一匹、それも大きいやつが欲しかった。今持っている標本は五番目の尾節が欠けており、コレクターとして恥ずかしいことこの上ない代物なのだ。

ほどなくイスマイリアへ向かう街道に出た。私はすぐにラゴンダを減速させ、時速六十五マイルに保った。狭い道だったが、路面はなめらかで、ほかの車は一台も見あたらなかった。まわりには荒涼とした陰鬱なデルタ地帯が月の光を浴びて横たわっていた。

樹木のない平坦な土地のところどころに水路が走り、黒々とした土がどこまでも続いている。ことばでは言い表わせないほど侘しい風景だ。

もっとも、そんなことはさして気にならなかったが。私には関わりのないことだ。私はヤドカリのように居心地よく上等な自分専用の殻に守られ、外部から完全に隔離されたまま、しかもヤドカリよりずっと速く移動していた。ああ、旅することのなんとすばらしいことよ！　古いものどもをあとに残して、新たな人々、新たな場所に向かって飛んでいくことのすばらしさよ！　この世でこれほど私を浮き立たせるものもない。だから、私は一般市民というものを蔑まずにはいられない――ちっぽけな一点の地に愚かなひとりの女とともに腰を落ち着け、子を育て、死ぬまでずっとその状態で思い悩みながら朽ち果てていくのだから。それも常に同じ女と！　まともな感覚の男が何年にもわたって毎日毎日、たったひとりの女相手に我慢しつづけるなど、私にはとても信じられない。もちろん、そういう男の中には耐えきれなくなる者もいるにはいるが、平気なふりをしている者がほとんどではないか。

私自身は、親密な関係を十二時間以上長引かせたことはただの一度もない。十二時間が限度である。八時間でさえ少々無理があるように思う。イザベラとの顚末がいい例だ。ピラミッドの頂上にいたときの彼女はきらめくような魅力に満ちあふれ、仔犬のように無邪気にはしゃいでいた。私があの場に彼女を置き去りにして三人のアラブの暴漢たちの手に委ね、自分ひとりでさっさと降りていればなんの問題もなかっただろう。それが愚かにも彼女につきっきりで降りる手助けをしてやった結果、あの愛らしかった貴婦人がどこまでも下品な、きいきい声のあばずれに豹変してしまったのだ。それはとうてい容認できるものではない。

まったく、なんという世の中なのか！　騎士道精神を発揮してもなんの感謝もされないとは。

ラゴンダは夜道をすべるように走っていた。ここからはオペラの時間だ。今回は何にしようか？　ヴェルディを歌いたい気分だ。『アイーダ』はどうだろう？　もちろん決まりだ！　『アイーダ』をおいてほかにない――エジプトのご当地オペラ！　まさにぴったりではないか。

私は歌いはじめた。今夜は声の調子も格別だった。私は心ゆくまで自分を解放した。すばらしい気分だった。小さなビルベイスの町を走り抜けながら、私はアイーダその人となって、第一幕第一場の最後を締めくくる美しいアリア〝神々よ、お憐れみを《ヌーミ・ピエタ》〟を歌い上げた。

半時間後のザガジグでは、アイーダの父アモナズロとして、エチオピア軍の捕虜たちの釈放をエジプト王に懇願する〝しかし王よ、全能なる支配者よ《マ・トゥ・レ・トゥ・シニョーレ・ポセンテ》〟を歌った。

アル・アバシを通過する頃、私は将軍ラダメスとなって〝この不毛の地を逃れましょう《フッジアム・リ・アルドーリ・ノスピティ》〟を歌いながら、車の窓をすべて開けた――この比類なき愛の歌が道端のあばら屋でいびきをかいている村人たちの耳にも届き、彼らの夢の中にまで流れ込むことを願って。

イスマイリア市内にはいったのは朝の六時だった。陽はすでに淡青色の空高く昇っていたが、ラダメスである私は〝おお大地よさらば、さらば涙の谷よ《オ・テーラ・アディオ・アディオ・ヴァレ・デイ・ピアンティ》〟を歌いながら、今まさにアイーダとともに恐ろしい地下牢で息絶えんとしていた。

あっというまの旅だった。ホテルに乗りつけると、従業員たちはまだやっと動きはじめたばかりで、私はそんな彼らをしっかり目覚めさせ、このホテルで一番上等な部屋に案内させた。ベッドの上のシーツと毛布はまるで二十五人の不潔なエジプト人が二十五晩続けてそこで眠ったかのように見えたので、私はそれらを自らの手で引き剝がし（そのあとすぐ殺菌消毒用の石鹼で両手をこすり洗いした）持参した寝具をかわりに敷いた。それから目覚ましをかけて、二時間ぐっすり眠った。

朝食にはトーストにポーチドエッグをのせたものを頼んだ。さて、料理が運ばれてくると、なんと――こうして書くだけでも胃が引き攣ってくる――ポーチドエッグの黄身の上に三インチはあろうかという、脂光りした真っ黒なちぢれ毛が一本、斜めに横たわっていたのだ。さすがにもう限界だった。私は蹴るようにして席を立ち、大急ぎで食堂を飛び出した。「さらばだ《アディオ》!」私は通り過ぎざまにレジに金を叩きつけて叫んだ。「さらば、涙の谷よ《アディオ・ヴァレ・ディ・ピアンティ》!」そう叫んであの汚らわしいホテルを永久に立ち去ったのだった。

さてさて、お次はシナイ砂漠だ。願ってもない気分転換になるはずだった。正真正銘の砂漠というのは地球上で最も汚染の少ない場所のひとつだが、シナイ半島もまた例外ではない。砂漠を横断する細長いタール舗装の道路は全長およそ百四十マイル。ビル・ロード・サリームと呼ばれる中間地点にガソリンスタンドがひとつと、掘っ立て小屋がいくつかあるだけだ。それ以外はどこまでも無人の純然たる砂漠。一年のこの時期はとても暑くなるので、万一に備えて飲み水の用意は欠かせない。そこで私は非常用の蓋付きの缶に水を補給するため、イスマイリアの大通りにある雑貨店のまえに車を停めた。

店内にはいると、主人に声をかけた。店主は重症のトラコーマを患っていた。両瞼の裏側にできた肉芽の炎症があまりにひどいため、瞼自体、眼球から大きく盛り上がっている――おぞましい光景だった。私は彼に、煮沸した水を一ガロン売ってほしいと頼んだ。そもそも店主は、この客は頭がおかしいのではないかと思ったようだが、私が彼の仕事ぶりを見届けるため、一緒に店の奥の汚いキッチンまで行くと言い張ったときには、なおさら正気を疑ったことだろう。彼はやかんを水道水で満たすと、石油ストーヴの上に置いた。ストーヴからは煙とともに黄色い火がちょろちょろと立ち昇っていた。店主はこのストーヴとその性能をたいそう自慢に思っているらしく、首を一方に傾げて得意そうに眺めながら私に、湯が沸いたら持っていくから、店に戻って待っていたらどうかと言った。私はその場を離れることを拒否した。ライオンさながらやかんを見張りつづけ、湯が沸くのを待った。そうして待っていると、突然あのおぞましい朝食の場面が甦ってきた――卵、黄身、あの髪の毛。あのぬるぬるした卵の黄身に横たわっていたのは、いったい誰の髪の毛だったのだろう？　明らかにあれは料理人の髪の毛だ。では、その料理人が最後に頭を洗ったのはいつのことだ？　おそらく頭を洗ったことなど一度もないにちがいない。よかろう、そいつの頭にはほぼ確実に毛ジラミがわいている。が、そのこと自体は毛が抜け落ちる理由にはならない。それならば今朝、そいつが私のポーチドエッグをフライパンから皿に移す際に、髪の毛が抜け落ちた原因はなんだったのか？　何事にも必ず原因というものがある。この場合、原因は明らかである。料理人の頭皮は化膿性の脂漏性膿痂疹に冒されていたのだ。つまりあの髪の毛、私がもう少し不注意ならうっかり呑み込んでいたかもしれないあの長い真っ黒なちぢれ毛には、何百万、何千万という数の病原菌がうようよ蠢いていたというわけだ。幸いにもその菌の正確な学名は忘れてしまったが。

しかし、その料理人が化膿性の脂漏性膿痂疹にかかっていたのは絶対にまちがいのない事実だろうか？——いやいや、断言はできない。が、仮にそうでなかったら、かわりに白癬にかかっていたのはまちがいない。それは何を意味するか？　私にはその意味がわかりすぎるほどわかっていた——一千万の小胞子菌があの髪の毛にびっしりとたかって、私の口にはいるのを待ち構えていたということだ。

私は胸がむかつきはじめた。

「ほら、沸きましたよ」と店主が勝ち誇ったように言った。

「沸かしつづけろ」と私は彼に言った。「あと八分間だ。私がチフスになってもいいと言うのか？」

私は普段、できるかぎり水を飲まない主義である。それがどんなにきれいな水であってもだ。ただの水には味というものがまったくない。もちろん紅茶やコーヒーとしてなら飲みもするが、その場合もなるべく壜入りのヴィシー水やマルヴァーン水を使ってもらうようにしている。水道水はまず飲まない。水道水というのは実に悪魔的な代物で、下水を処理したものとさして変わらない場合がほとんどだ。

「もうじき全部蒸発してなくなっちまいますよ」と店主が緑色の歯を剝き出して笑いながら言った。

私は自分でやかんを持ち上げ、中身を缶に注いだ。

店内に戻ると、オレンジを六つと小さな西瓜をひとつ、それにきちんと包装されたイギリス製の板チョコを一枚購入した。そしてまたラゴンダに乗り込んだ。これでようやくこの地ともおさらばできる。

数分後には、ティムサ湖のすぐ北、スエズ運河に架かる可動橋を渡りおえていた。行く手には平坦な灼熱の砂漠が広がり、タール舗装の細い道が黒いリボンのようにどこまでも地平線に向かって延びていた。私は例によってラゴンダを時速六十五マイルに保ち、窓を大きく開けた。まるでオーヴンを開けたときのような熱気がどっと流れ込んできた。時刻は正午近く、陽射しが車の屋根にじりじりと照りつけ、車内の温度計は摂氏三十九・五度を示していた。しかし、適切な服装――この場合はクリーム色の麻のスラックスに目の粗い綿布《エアテックス》の白いシャツ、それにクモの糸で織られた美しいモスグリーンのネクタイ――でじっと坐っているかぎり、多少の暑さは少しも苦にならない。現に私はどこまでも快適でおだやかな気分だった。

一、二分ばかり、また道中でオペラを歌うことを考えた――今回は『ラ・ジョコンダ』の気分だった――が、第一幕のコーラスを数小節歌ったところで、うっすらと汗が噴き出してきたので、オペラの幕は降ろしてかわりに煙草に火をつけた。

今や私は世界有数のサソリの生息地を通り抜けており、中間地点のビル・ロード・サリームのガソリンスタンドに着くまえからもう車を停めて、探しに出たくてうずうずしていた。一時間前にイスマイリアを出発してからというもの、車一台、人っ子ひとり見ていない。願ってもない状況だ。シナイは正真正銘の砂漠だ。私は道路脇に車を停めてエンジンを切った。咽喉《のど》が渇いていたので、オレンジをひとつ食べた。それから白い日よけ帽《トーピー》をかぶると、車から——快適なヤドカリの殻の中から——陽射しの中にゆっくりと降り立った。そして、周囲のまぶしさに眼をしばたたきながら、たっぷり一分間、道の真ん中にじっと佇んだ。

灼熱の太陽、熱気をはらんだ広大な空、そして炎天下に見渡すかぎり広がる、この世のものとは思えない淡黄色の砂の海。道路の南側、はるか遠くに山々の連なりが見える。薄茶色にうっすらと青と紫の釉薬をかけたような、土でできたギリシアのタナグラ人形みたいな色合いの禿山が砂漠の中から忽然とそびえ立ち、熱気で霞む空の中に消えている。さらにこの圧倒的な静寂。一切が静まり返り、鳥の声も虫の音も聞こえない。これほど壮大で非人間的な炎暑の風景の只中にひとりで立っていると、まるで自分が神にでもなったかのような奇妙な感覚を覚える——あたかもここが木星か火星か、あるいはもっとはるか遠くの草木も生えず雲が赤く染まることもない、どこまでも荒涼とした惑星でもあるかのような気分になる。

私は車のトランクを開けて、採集箱と捕虫網と移植ごてを取り出した。そして、焼けるように熱く軟らかな砂の中に足を踏み入れた。地面に眼を走らせながら、ゆっくりと百ヤードほど歩いた。私が探しているのはサソリそのものではなく、サソリの巣穴だ。サソリは暗い場所に棲む夜行性の生きもので、日中は石の下などの隙間か、地中に掘った巣穴にじっと隠れている。どちらを隠れ場所とするかは種《しゅ》によって異なるが、いずれにしろ陽が沈んでからでないと獲物を狩りには出てこない。

今回めあてのトリカラースコーピオンは巣穴を掘るタイプなので、私は無駄に石をひっくり返すことなく、巣穴だけを探した。十分か十五分ほど探しても一向に見つからない。が、すでに暑さがこたえはじめていたので、やむなく車に戻ることにした。なおも地面に眼を凝らしながら、来たとき以上にゆっくりと歩いて戻った。そして、ようやくたどり着いた道路に足をかけようとしたまさにそのとき、タール舗装された道の端からせいぜい十二インチ程度離れた砂の中に、サソリの巣穴を発見した。

私は採集箱と捕虫網を傍らの地面に置くと、小さな移植ごてを使って、穴のまわりの砂を慎重に慎重に掻き取りはじめた。この作業にはいつだって興奮せずにはいられない。いわば一種の宝探しだ――血を騒がせる適度の危険をともなう宝探し。砂を深く掘っていくほどに、胸の鼓動が高鳴るのが感じられた。

そして、不意に……そいつが姿を現わした！

おお、こいつは大物だ！　巨大な雌のサソリ――トリカラースコーピオンではなく、同じアフリカ産の巣穴を掘る大型種、ダイオウサソリだと一目でわかった。しかも彼女の背中には――これは夢ではなかろうか！――一、二、三、四、五……全部でなんと十四匹もの小さな赤ちゃんサソリがびっしりとしがみついているではないか！　母親の体長は少なくとも六インチはある！　子供たちは小型のリヴォルヴァーの弾丸《たま》ぐらいの大きさだった。彼女は生まれて初めて見る人間である私に気づくと、鋏を大きく広げ、尻尾を背中の上で疑問符のような形に大きく反らせて攻撃態勢を取った。私は網を手に持ち、さっと彼女の下にすべり込ませ、すくい上げた。彼女は身をよじり、尻尾の先を四方八方に激しく打ちつけながらのたうちまわった。大粒の毒液が一滴、網の目を通して砂の上に落ちた。私は彼女を子供たちもろとも、すばやく採集箱に移して蓋を閉めた。それから車に戻ってエーテルを持ってくると、箱の蓋の金網を張った小さな穴からエーテルを注ぎ込み、中の脱脂綿にたっぷり染みわたらせた。

私のコレクションに加わった彼女はどんなに立派に見えることだろう！　もちろん赤ちゃんサソリは、死ねば母親の背中から落ちてしまうだろうが、できるだけもとの位置に戻して膠《にかわ》で接着してやろう。それで私は十四匹の子供を背負った巨大な雌のダイオウサソリの堂々たる所有者になれるのだ！　私は大満足だった。採集箱を持ち上げ（中で彼女が猛然と暴れているのがわかった）網と移植ごてと一緒に車のトランクに入れた。それから運転席に戻って煙草に火をつけ、車を出した。

　私には気分が満ち足りているときほどゆっくり車を走らせる癖があるが、そのときがまさにそうだった。そうしてさらに一時間近く走っただろうか、ようやく中間地点のビル・ロード・サリームに到着した。そこはなんとも魅力に乏しい場所だった。左側に給油ポンプが一台、木造の掘っ立て小屋が一軒。右側に苗置き小屋ほどの大きさの同じような木造小屋がもう三軒。あとは見渡すかぎりの砂漠だ。人の姿はどこにもない。時刻は午後二時二十分前、車内の温度は四十一度にもなっていた。

　イスマイリアを発つまえに飲み水を沸かさなければならなかったあのくだらない一件のおかげで、出発前にガソリンを満タンにしておくのをすっかり忘れており、メーターを見ると二ガロン足らずしか残っていなかった。危ないところだった――が、もう大丈夫。私は給油ポンプの脇に車を寄せて待った。誰も出てこない。クラクションを鳴らした。四つの音からなるラゴンダの警笛が、〝その数なんと千三人《ソン・ジァ・ミッレ・エ・トレ》！〟のすばらしい旋律を砂漠じゅうに響き渡らせた。が、やはり誰も出てこない。私はもう一度クラクションを鳴らした。

四音の旋律がまた流れた。モーツァルトのフレーズが砂漠の風景の中で実に壮麗に鳴り響いた。が、依然として誰も出てこない。どうやらビル・ロード・サリームの住民は、

わが友ドン・ジョヴァンニと、彼がスペインで凌辱した千三人の女性にはまるで関心がないものと見える。

六回も警笛を鳴らしたあとで、ようやく給油ポンプの裏にある小屋の戸が開いて大柄な男が姿を現わし、両手で服のボタンをとめながら戸口に立った。男はボタンひとつひとつにやたらと時間をかけ、最後のひとつをとめおえてから、やっと顔を上げてラゴンダを見た。私は開けた窓から彼を見返した。男は私のほうに向かって一歩踏み出した……ひどくゆっくりと足を上げて下ろし……それからまた足を上げて次の一歩を……

なんとなんと！――私は瞬時に悟った――この男は梅毒にやられてる！

運動失調に典型的に見られる、緩慢でぐらぐらした足取りだった。四肢がまったく協調していない、足をやけに高く上げて踏み出す歩き方。一歩ごとに足を前方に高々と持ち上げては、まるで危険な虫でも踏みつぶすかのように、どすんと地面に下ろす歩き方だ。

私は思った――一刻も早く逃げ出さなくては。男がやってくるまえにエンジンをかけて、とっととここを出ていかなくては。しかし、そうはいかないことはわかっていた。どうしてもガソリンを補給しなければならない。私は車の中に坐ったまま、そのぞっとするような人物が難儀しながら砂を踏みしめて近づいてくるのをじっと見つめた。きっとずいぶん昔からこの忌まわしい病を患っているのにちがいない。そうでなければ運動失調にまでは至っていないはずだ。専門語で言うところの脊髄癆《ろう》、病理学的には脊髄後柱の変性が生じているということだ。しかし――ああ、わが敵よ、わが友よ――実際はそれよりはるかに禍々しいのだ。全身の神経線維が生きたまま、梅毒の毒素によってじわじわと容赦なく侵されていくのだから。

男は――アラブ人と呼んでおこう――私の坐っている運転席側のドアのまえまでやってくると、開いた窓から中をのぞき込んできた。私はできるだけ身を引きながら、アラブ人がそれ以上一インチも近づかないことを祈った。疑いようもなく、彼は私がこれまで出会った人間の中でも最悪と言っていいほど無残な外見を呈していた。顔は虫食いだらけの古い木像のようにぼろぼろに蝕まれており、梅毒のほかにいったいいくつ病気を抱えているのかと思わずにはいられなかった。

「いらっしゃい《サラーム》」と彼はくぐもった声で言った。

「満タンで頼む」と私は言った。

彼は動かなかった。興味津々、ラゴンダの車内をのぞき込んでいた。ひどい汚臭が漂ってきた。

「早くしてくれ！」と私は語気鋭く言った。「ガソリンをくれと言っただろ！」

彼は私の顔を見てにやりと笑った。薄ら笑いと言ったほうがいい。まるで〝このおれさまがビル・ロード・サリームのガソリンスタンドの王だ！ 文句があるなら出てきやがれ！〟とでも言わんばかりの人を馬鹿にしたような薄ら笑いだった。蠅が一匹、彼の片方の眼の端にとまっていた。が、彼は追い払おうともせず、まるでからかうように言った。

「ガソリンが欲しいのかね？」

私はもう少しで彼を面罵するところだったが、なんとか思いとどまり、わざと馬鹿丁寧な口調で言った。「そうなんですよ。頼みます。入れてもらえるととてもありがたいです」

彼は私をじっと見て、私が彼をからかっているわけではないことを確かめてから、満足したようにうなずいた。そして、体の向きを変えると、ゆっくりと車の後部に向かって歩きはじめた。私はドアポケットからグレンモーレンジのボトルを取り出した。その強い酒をグラスに注いで、ちびちびやりながら、今しがたの光景を思い起こした。あの男の顔は私の顔から一ヤードと離れていないところまで迫っており、強烈な悪臭を放つ息が車内に流れ込んでいた……それと一緒に何十億という浮遊ウイルスが流れ込んでこなかったとどうして言いきれる？ こういう場合はハイランド・モルトの一口で口内と咽喉を殺菌消毒するにかぎる。それにウィスキーは心を落ち着かせてくれる。私はグラスに注いだぶんを飲み干してもう一杯注いだ。やがて不安も薄れはじめた。そばの座席に転がっている西瓜に眼がいった。今この瞬間にこれを一切れ食べれば、さぞや生き返った心地がするにちがいない。私はナイフをケースから取り出し、西瓜を大きく一切れ切り取った。それから残りの西瓜を受け皿にして、黒い種をひとつ残らず、ナイフの先で丹念にほじくり出した。

切った西瓜を食べ、ウィスキーを飲んだ。どちらもこの上なく美味だった。

「ガソリン、はいったよ」と恐るべきアラブ人が窓のところに現われて言った。「水とオイルも見ておこう」

私としてはラゴンダには一切手を触れてほしくなかったが、言い争いになるのもどうかと思い、何も言わなかった。彼はまた緩慢な足取りで車の前面に向かった。まるでヒトラーの突撃隊員が酔っぱらって、極端なスローモーションで行進しているかのような歩き方だった。

やはり脊髄癆だ。絶対にまちがいない。

足を高々と持ち上げるこの奇妙な歩き方を生じさせる病気がほかにもあるとすれば、それは唯一、慢性の脚気《かっけ》だけだ。となると――おそらく彼はそれも患っているのだろう。

私は西瓜をもう一切れ切った。そして一分かそこらのあいだ、ひたすらナイフで種をほじくり出すことに専念した。やがて顔を起こすと、アラブ人が車の右側でボンネットを上げて、エンジンの上に屈み込んでいた。私のほうからは彼の頭も肩も腕も見えなかった。あいつはいったい何をしているのか？　オイル計量用のスティックがあるのは反対側だ。私はフロントガラスをこつこつと叩いた。聞こえないようだった。私は窓から顔を出して叫んだ。「おい！　そこから出てこい！」

彼はゆっくりと体を起こし、エンジンの中から右腕を引き抜いた。その指の先に何か黒くて細長い、くるんとしたひものようなものがぶら下がっていた。

〝なんてことだ！〟と私は思った。〝中に蛇がいたのか！〟

彼は窓のところにまわってくると、にやにや笑いながら、私の眼のまえにそれを差し出してみせた。間近で見てやっとわかった。それは蛇ではなかった――私のラゴンダのファンベルトだ！

この辺鄙《へんぴ》な場所で唯一の移動手段を奪われ、このぞっとするような男と一緒に取り残される。私はそんな恐ろしい考えに圧倒され、切れたファンベルトをただ呆然と見つめた。

「ほら」とアラブ人は言っていた。「よく今まで切れなかったもんだ。おれが気づいて、ほんとよかったよ」

私はそのファンベルトを受け取ると、仔細に調べて言った。「おまえが切ったんじゃないのか！」

「切る？」と彼はおだやかに言った。「なんでおれが切らなきゃならない？」

正直な話、彼がファンベルトを切ったかどうかは私には判断がつかなかった。彼が切ったのだとすれば、自然に切れたように見せかけるために、何か道具を使ってわざわざ切断面がすり切れて見えるよう細工をしたことになる。それでも、私は彼が切ったと睨んだ。そうなると、これはさらにそら恐ろしいことになる。

「ファンベルトがないとどうにもならないことは、きみもわかってるだろうね？」と私は言った。

彼はまたにやりとした――そのぼろぼろの口をゆがめ、腐った歯茎を剝き出しにして。

「今出発したら」と彼は言った。「あんたは三分で茹《ゆだ》っちまう」

「じゃあ、どうしたらいい？」

「新しいファンベルトを手に入れてやるよ」

「できるのか？」

「もちろん。ここは電話が使えるからな。通話料を払ってくれたら、イスマイリアに電話して取り寄せてやるよ。イスマイリアになかったら、カイロに電話すればいい。わけないことさ」

「わけないことだって！」と私は車から降りて叫んだ。「それなら訊くが、そのファンベルトはいったいいつこのおぞましいど田舎に届くと思うんだ？」

「郵便トラックが毎朝十時頃に通る。だから明日には届くよ」

男はすべての質問にすらすらとよどみなく答えた。あらかじめ答が用意されていて、考える必要もないかのように。

まちがいない――こいつはまえにもファンベルトを切ったことがあるんだ。

私はすっかり警戒して、相手をじっと観察しながら言った。「イスマイリアにはこのメーカーのファンベルトはないだろうから、取り寄せるならカイロの代理店に頼まなきゃならない。私が自分で電話するよ」電話が使えるという事実に救われる思いがした。確かに砂漠の道路沿いにはずっと電柱が並んでいたし、一番手前の電柱からは二本の電線が小屋に引き込まれていた。「今すぐ特別便を手配するよう、カイロの代理店に頼んでみよう」と私は言った。

アラブ人は道路のはるか向こう、二百マイルほど先のカイロの方角に眼をやって言った。「たかが一本のファンベルトを届けに、六時間かけてやってきて、また六時間かけて戻るってのかい？　郵便トラックでも時間は変わらんよ」

「電話のところまで案内してくれ」私はそう言うと、小屋に向かって歩きだした。が、そこで急に恐ろしい考えにとらわれて、立ち止まった。

　この男の黴菌まみれの電話などいったいどうして使える？　受話器は耳に押しつけることになるし、送話口はほぼ確実に口に触れるだろう。梅毒は間接接触では感染しないと医者は言うが、そんなことはどうでもいい。梅毒菌まみれの送話口は梅毒菌まみれの送話口でしかない。この私がそんなものを自らの口に近づけることなど絶対にありえない。小屋にはいるのもごめんだ。

　私は焼けるように熱い午後の陽射しの下に立ったまま、アラブ人のぼろぼろに蝕まれた不気味な顔を見つめた。アラブ人も私を見返したが、その顔はどこまでも平然としていた。

「電話をかけるんだろ？」と彼は言った。

「いや」と私は言った。「英語は読めるか？」

「ああ、読めるよ」

「よろしい。では、今からその代理店とこの車と私の名前を紙に書いてやる。代理店の連中は私のことを知っている。きみが先方に電話して、ファンベルトが要ることを伝えるんだ。それから、いいか……費用は私が持つから、すぐに特別車を出すように言ってくれ。礼金はたっぷりはずむと。もしそれができないようなら、ファンベルトをイスマイリアに送って、何がなんでも郵便トラックの出発に間に合わせるように言うんだ。わかったかね？」

「ああ、お安いご用だ」とアラブ人は言った。

そこで私は必要なことを紙に書いて彼に渡した。彼は例の緩慢な、足を大きく踏み鳴らすような歩き方で立ち去り、小屋の中に姿を消した。私は車のボンネットを閉めた。それから運転席に戻って、ゆっくり考えをめぐらせようと腰を落ち着けた。

ウィスキーをもう一杯注ぎ、煙草に火をつけた。この道路を通る車はほかにもあるはずだ。日没までには必ず誰かが通りかかるだろう。しかし、それで私は助かることになるだろうか？　いや、駄目だ――その車に乗せてもらい、ラゴンダと荷物すべてをあとに残して、その命運をアラブ人の手に委ねる覚悟がないかぎり。その覚悟があるか？　なんとも言えなかったが、おそらくはやむをえまい。一方、ここで一晩を明かさなければならないとなったら、車に鍵をかけて閉じこもり、極力眠らないようにするしかないだろう。まちがってもあのぞっとする男が住んでいる小屋に足を踏み入れるつもりなどない。仮に食べものを出されたとしても、指一本触れるつもりはない。私にはウィスキーと水、それに西瓜が半分とチョコレートが一枚ある。それだけあれば充分だ。

それにしてもひどい暑さだ。車内の温度計は依然として四十度あたりを示している。外の日なたはもっと暑い。私は大量に汗をかいていた。まったく。なんという場所で立ち往生してしまったのだろう！　しかもあんなやつとふたりきりで！

およそ十五分後、アラブ人が小屋から出てきた。私は彼が車にたどり着くのをじっと見守った。

「カイロの営業所《ガレージ》と連絡がついたよ」と彼は窓の中に顔を突っ込んで言った。「ファンベルトは明日、郵便トラックで届くそうだ。あとは全部任せておけばいい」

「すぐに特別車を出すように頼んだのか？」

「そいつは無理だと言われたよ」と彼は答えた。

「ほんとうに頼んだんだろうな？！」

彼は首を傾げると、例のずるそうな、人を小馬鹿にしたような薄笑いを浮かべた。私は顔をそむけて、彼が立ち去るのを待った。が、彼はその場から動かずに言った。「そこに来客用の部屋があるから、泊まっていけばいい。ぐっすり眠れるよ。食事も女房が用意する。金はもらうが」

「あんたとおかみさんのほかに誰がいるんだ？」

「男がもうひとりいる」と彼は言って、道の向かいにある三軒の小屋のほうに腕を振ってみせた。振り返って見ると、真ん中の小屋の戸口に男がひとり立っていた。ずんぐりした小柄な男で、汚らしいカーキ色のズボンとシャツを着ていた。戸口の影の中で両腕を体の脇にだらりと下げたまま、じっと身じろぎもせずに私を見つめていた。

「誰なんだ？」と私は言った。

「サレフっていう」

「ここで何をしてる？」

「手伝いだ」

「私は車の中で寝るよ」と私は言った。「それに、おかみさんに食事を用意してもらう必要はない。食べものなら自分で用意してるんでね」アラブ人は肩をすくめて背を向けると、電話のある小屋のほうに戻っていった。私は車の中にとどまった。ほかに何ができる？　時刻は二時半をまわったばかりだった。あと三、四時間もすれば少しは涼しくなるだろう。そうしたら少しそのあたりを歩いて、サソリを何匹か捕まえてもいいかもしれない。とにかく、今ここにあるものを最大限に活用しなければ。私は車の奥の本箱に手を伸ばし、書名も見ずに最初に手に触れた一冊を取り出した。その本箱には世界じゅうの最良の書が三、四十冊収まっていて、どれもみな百回読み返しても愉しめるような、読むたびに味わいが深まるような本だった。どの本にあたるかは問題ではない。今回手に取ったのは『セルボーンの博物誌』だった。私は適当なページを開いた……〟……もう二十年以上もまえのことだが、この村には知的障害のある少年がいた。幼い頃から蜂に強い偏愛を示していたことを私はよく覚えている。蜂は彼の食物であり、娯楽であり、唯一の関心の的であった。こうした境遇に生まれついた人々が複数の視点を持つことがきわめて稀であるように、この少年も自身の持ちうる能力のすべてをこのただひとつの目的に注ぎ込んでいた。冬のあいだはいわば一種の冬眠状態になって、父親の家の炉辺でうとうとして過ごし、暖炉のそばを離れることはめったになかった。ところが、夏になると一転して活発になり、野辺や陽光の降り注ぐ土手に出かけて獲物を探し求めた。ミツバチもマルハナバチもスズメバチも、見つけたそばから捕えて餌食にした。蜂の毒針にはなんの恐れも抱かず、素手でつかんですかさず針を抜き取り、蜜嚢を吸った。ときには捕まえた蜂を胸いっぱいに――シャッと素肌のあいだに――閉じ込めたり、またときには壜に閉じ込めたりもした。彼はまさにハチクイドリそのもので、養蜂家にしてみれば天敵同然であった。なにしろ養蜂園に忍び込むと、巣箱のまえに坐り、指で巣をつついて、出てくる蜂を片っ端から捕まえてしまうのだ。大好物の蜂蜜にありつくために巣箱をひっくり返してしまうことでも知られていた。また、蜂蜜酒《メセグリン》がどこかでつくられていると、その容器のまわりをうろついて、「蜂のお酒」が飲みたいとせがんだ。走りまわるときにはいつも、唇を震わせて蜂の羽音に似たブーンという低いうなりを発していた……〝

私は本から顔を上げて周囲を見まわした。道路の反対側で身じろぎもせずに立っていた男はいなくなっていた。見渡すかぎり誰もいない。あたりは不気味なまでの静寂に支配され、一切が静止してしまったかのように、なんの気配も感じられなかった。途方もない孤絶感に押しつぶされそうだった。自分がじっと見られていることはわかっていた。どんなわずかな動作も――ウィスキーを一口飲んだり、煙草を一服したりといった一挙一動が――注意深く観察されていた。私は暴力というものが大嫌いで、武器を持ち歩くことは絶対にしない。が、このときばかりは持っていれば役に立つのにと思わないわけにはいかなかった。いっそのことエンジンをかけて出発し、オーヴァーヒートして焼きついてしまうまで突っ走ったらどうか――そんなことを少しのあいだ考えた。しかし、それでどこまで行ける？　この暑さで、しかも冷却ファンが動かないとあっては、いくらも持たないに決まっている。一マイルか、せいぜい二マイルがいいところだろう……駄目だ――これ以上馬鹿なことを考えるのはよそう。ここにとどまって本を読みつづけるしかない。

それから一時間ほど経っただろうか。路上のはるか遠く、エルサレムのほうから小さな黒い点が近づいているのに気づいた。私はその黒点を見つめたまま、本を脇に置いた。見ているうちにそれはどんどん大きくなってきた。すばらしいスピードで、まさに驚くべきスピードで走っていた。私はラゴンダから降りて道路脇に駆け寄り、運転者に〝停まれ〟の合図を送ろうとそこに立った。

車はみるみる近づいてきて、あと四分の一マイルほどのところで減速しはじめた。そこでいきなり私はそのラジエーターの形に気づいた。ロールス・ロイスだ！　私は片手を高く差し上げ、差し上げたままの姿勢で待った。運転席に男がひとり乗っているだけの大きなグリーンの車は、道路脇に寄って私のラゴンダのそばに停まった。

私はすっかり有頂天になっていた。これがフォードかモーリスでももちろん喜んだだろうが、これほど馬鹿みたいに舞い上がりはしなかっただろう。それがロールスだったということは――ベントレーかイゾッタか、あるいは私のようなラゴンダでも同様だが――つまり、私の必要としている援助が事実上すべて約束されたことを意味する。なぜなら、一般には知られていないかもしれないが、高級車を所有する人々というのはある種の強い同胞意識によって結ばれているからだ。彼らは無意識に互いを尊敬し合っている。要するに、富は富を尊敬し合っているということだ。実のところ、大金持ちがこの世で最も尊敬する相手は自分以外の大金持ちであり、そのため彼らはどこへ行っても必然的に互いを見つけ出す。さまざまな方法がその目印として使われる。女性の場合は巨大な宝石で自らを飾り立てるのが最も一般的と言えるだろう。しかしまた、高級車を乗りまわす方法も大いに人気があり、しかもこちらは男女の双方に利用される。それはいわば動く看板、あるいは富の宣言のようなもので、それ自体があのすばらしい非公式の団体〈大富豪連盟〉の会員証でもあるのだ。私自身その一員となって久しいが、これほど喜ばしいことはない。どこかでほかのメンバーに会うと――まさに今からそうなるように――私はたちまち相手に親近感を覚え、同時に尊敬の念を抱く。われわれは同じことばを話す。なんといっても、われわれは仲間なのだ。私が有頂天になったのも当然のことなのである。

ロールスの運転者が車から降りて私のほうにやってきた。黒髪にオリーヴ色の肌をした小柄な男で、染みひとつない真っ白な麻のスーツを着ていた。おそらくシリア人だろう、と私は思った。あるいはギリシャ人とも考えられる。この暑さにもかかわらず、いとも涼しげな顔をしていた。

「こんにちは」と彼は言った。「何かお困りですか？」

私は彼に挨拶を返すと、初めから順を追ってここで起こったことをすっかり説明した。

「いやはや、そういうご事情でしたか」と彼は完璧な英語で言った。「それはさぞお困りのことでしょう。運が悪かったとしか言いようがない。よりによってこんなところで身動きが取れなくなるなんて」

「まったくです」

「それで、新しいファンベルトはまちがいなく手配ずみなんですね？」

「ええ」と私は言った。「ここの主人が信用できる男とすればですが」

当のアラブ人はロールスが停車するかしないかのうちに小屋から姿を現わしていた。彼がわれわれの会話に加わると、ロールスの紳士が早口のアラビア語で、アラブ人が私のためにいかなる手順を踏んだのかを問い質しだした。見たところ、このふたりはまえまえからの知り合いのようだった。加えてアラブ人は明らかにこの紳士を畏敬していた。彼のまえではまさに地にひれ伏さんばかりにぺこぺこしていた。

「なるほど――その点については問題なさそうですな」とアラブ人とのやりとりを終えた紳士が私のほうを向いて言った。「しかし、明日の朝まではここで足止めを食うことになる。どちらへ行かれる予定でしたか？」

「エルサレムです」と私は言った。「それがこんなひどい場所で一夜を明かすなんて、考えたくもありません」

「ごもっともです。落ち着くこともできないでしょう」そう言うと、彼はひときわ真っ白な歯を見せて私に微笑みかけた。それからシガレットケースを取り出し、私に煙草を勧めた。ケースは純金製で、表には緑色の翡翠を象嵌した細い線が一本、対角線上に走っていた。なんとも美しい逸品だった。私が一本抜き取ると、彼はまず私の煙草に火をつけ、それから自分のに火をつけた。

そして、深々と一服すると、顔を上に向け、太陽に向かって長々と煙を吐いた。「これ以上ここに立っていたら、ふたりとも熱中症で倒れてしまいます。ひとつ提案してもよろしいですか？」

「もちろんです」

「見ず知らずの他人のくせに差し出がましいことを、と思われなければいいのですが……」

「とんでもない……」

「あなたとしてもここにとどまって夜を明かすわけにはいかないでしょう。今夜は私の家で一晩お泊まりになってはいかがでしょう？」

そらきた！　ロールス・ロイスがラゴンダに微笑みかけている――これこそラゴンダの力というものだ。フォードやモーリスではとてもこうはいかない！

「とおっしゃると、お宅はイスマイリアに？」と私は言った。

「いいえ、ちがいます」と彼は笑いながら答えた。「家はこのすぐ近くです。ほんのすぐそこです」そう言って、さきほどやってきた方向に手を振ってみせた。

「しかし、イスマイリアへ行かれる途中だったのでしょう？　私のために予定を変更していただくわけにはいきません」

「イスマイリアに向かっていたのではなく、郵便を取りにここまで出てきただけなんです。私の家は——驚かれるかもしれませんが——まさに眼と鼻の先でしてね。あそこに山が見えるでしょう。マガラという山ですが、私の家はあのすぐ向こうです」

私はその山を眺めた。十マイルほど北にある、高さ二千フィートくらいの黄色い岩山だった。「ほんとうにこんな……こんな何もない砂漠の真ん中に家をお持ちなのですか？」と私は尋ねた。

「嘘だとお思いですか？」と彼は微笑みながら言った。

「いやいや、もちろん信じますとも」と私は言った。「しかし、まあ、驚いたのは事実です」そう言って、私のほうも笑みを返しながら続けた。「それ以上の驚きがあるとしたら、砂漠の真ん中で出会った見知らぬ方に兄弟のように親切にしてもらうことぐらいでしょう。お招きいただき、感謝のことばもありません」

「とんでもない。私のほうは私のほうでまったくもって利己的な動機があるんですから。こういう土地では、洗練されたお仲間になどなかなか出会えるものではありません。夕食に客人を招くことを考えただけでわくわくします。ところで、自己紹介が遅れましたが――アブドゥル・アジズです」彼はそう言うと、さっと軽く一礼した。

「オズワルド・コーネリアスです」と私は言った。「お目にかかれて光栄です」われわれは握手を交わした。

「家はここのほかにベイルートにもありましてね」と彼は言った。

「私はパリに住んでおります」

「それは素敵だ。さて――そろそろ行きましょうか。すぐ出られますか？」

「車が心配ですが」と私は言った。「ここに置いていって大丈夫でしょうか？」

「その心配には及びません。オマルは私の友人ですから。見た目はあのとおり気の毒な男ですが、私がついているかぎりあなたを裏切るような真似はさせません。それにもうひとりのサレフにしても、ああ見えてなかなか優秀な修理工でしてね。明日新しいファンベルトが届き次第、もとどおりに取り付けてくれるでしょう。私からもよく言っておきます」

道の向こう側にいたそのサレフという男は、われわれが話しているあいだにこちらへやってきていた。ミスター・アジズはまず彼に指示を出すと、今度はふたりにラゴンダをしっかり見張っておくように申しつけた。彼がきびきびと指示を出しているあいだ、オマルとサレフはずっとぺこぺこ頭を下げどおしだった。私はスーツケースを取りにラゴンダのほうに向かった。なんとしても着替えは必要だった。

「ああ、そう言えば」とミスター・アジズが私に声をかけた。「夕食にはいつもブラックタイを着用するんですが」

「もちろんです」と私は相槌を打ちながら、すばやく最初のスーツケースを押し戻して別のほうを引っぱり出した。

「おおむね女性陣の意思を尊重してのことなんです。彼女たちは夕食に正装するのが好きなようで」

私はすばやく彼のほうを振り返ったが、彼はすでに車に乗り込もうとしていた。

「よろしいですか？」と彼が念を押してきた。

私はスーツケースをロールスの後部座席に積んで、彼の隣りの助手席に乗り込んだ。われわれは出発した。

道中ではあれやこれや会話が弾んだ。彼は絨毯商をしているとのことだった。ベイルートとダマスカスに拠点があるという。先祖代々、何百年にもわたってその商売を続けているようだった。

私はパリの寝室の床に十七世紀のダマスク織の絨毯を敷いていることを話した。

「嘘でしょう！」と彼は大声をあげた。興奮のあまり、もう少しで道路から車が飛び出すところだった。「まさかシルクとウールの混合織りで、縦糸がすべてシルクのものではないでしょうね？　地糸が金と銀の？」

「ええ、まさしくそのまさかです」

「なんですって、あなた！　それはいけない、あれほどのものを床に敷くなんて！」

「その上を歩くときは必ず裸足です」と私は言った。

彼はそれを聞いて少なからず気をよくしたようだった。どうやら私が成化帝時代の青花磁器に目がないのに負けず劣らず、彼は絨毯を熱愛しているらしい。

まもなくわれわれはタール舗装の道路を左に折れて固い砂利道にはいり、砂漠をまっすぐ突っ切って山をめざした。「ここからがうちの私道です」とミスター・アジズは言った。「五マイルほどです」

「電話もあるんですね」と私は本道から分岐して私道沿いに続く電柱に気づいて言った。

次の瞬間、ある奇妙な考えが浮かんだ。

あのガソリンスタンドのアラブ人……あの男も電話を持っていた……

とすると、ミスター・アジズの思いがけない登場の理由もこれで説明がつくのではないか？

こうは考えられないだろうか――人里離れた砂漠に住む私の孤独な招待主は、彼が言うところの〝洗練されたお仲間〟と夕食をともにするために、通りかかった旅行者を誘い込むための巧妙な方法を考え出したのではないか、と。実は彼自身があのアラブ人に命じて、通りかかった有望な客の車を次々と故障させているのではないだろうか？

「ファンベルトを切るだけでいいんだ、オマル。切ったらすぐに電話してくれ。ただし、高級車に乗った紳士の場合だけだぞ。そうしたら私がすぐに駆けつけて、招待するにふさわしい相手かどうかを見きわめるから……」

もちろん馬鹿げた考えだった。

「あなたは不思議に思ってらっしゃるんでしょう」とミスター・アジズが言っていた。「私はいったいなぜよりにもよってこんな場所に家を持つことにしたのか」

「ええ、まあ、少しは不思議に思いますが」

「どなたもそうですよ」と彼は言った。

「どなたも、ですか」

「ええ」

ほほう、なるほど――どなたも、か。

「奇妙なことかもしれませんが」と彼は言った。「私がここに住んでいるのは、砂漠そのものが好きだからです。船乗りが海に惹かれるように私は砂漠に惹かれるのです。おかしいと思われますか？」

「いや」と私は言った。「ちっともおかしくありません」

彼はそこで少し間をおき、煙草を一服吸ってから言った。「今言った理由のほかに、実はまだ理由があります。ミスター・コーネリアス、あなたにはご家族がおありですか？」

「いえ、残念ながら」と私は用心しながら答えた。

「私にはおります」と彼は言った。「妻と娘がひとりいましてね。贔屓目もあるでしょうが、ふたりともたいそうな美人です。娘はまだ十八で、イギリスの名門寄宿学校を出て、今は……」彼はそこで肩をすくめた……「何もせずにぶらぶらしながら、婚期が来るのを待っています。しかし、この時期――婚期をひかえた若く美しい娘を持つ父親は娘にいったいどうしてやればいいのでしょう？　私には娘を手放すことなどできません。この世の何より大事にして可愛がってきた娘なのですから。彼女をベイルートへ連れていくと、男どもが飢えた狼のように群がってきます。とても正気ではいられません。私は男というものの正体を知っていますからね、ミスター・コーネリアス。彼らが実際どんなふうに女性を扱うか。もちろん、私だけが世の父親としてこの問題に頭を悩ませているわけではありません。でも、ほかの父親たちはどうにかしてこの現実と向き合って受け入れているようです。そうしてついには娘を手放すのです。家から出ていかせて、あとは見ないふりをする。私にはそんなことはできません。どうしてもそんな気になどなれないのです！　大事な娘がどこの馬の骨とも知れないアフメドやアリやハミルにことごとく傷つけられるなんて、絶対に赦せない。つまり、もうおわかりでしょうが、それこそ私が砂漠に住むもうひとつの理由なのです――可愛い娘をせめてあと何年か、野獣どもの毒牙から守ってやるためなのです。あなたは家族をお持ちではないとおっしゃいましたか、ミスター・コーネリアス？」

「ええ、そうなんです」

「そうですか」と彼は失望したように言った。「つまり、結婚したことは一度もないと？」

「それが……ええ」と私は言った。「一度もありません」そう言って、次の避けがたい質問を待った。それは一分後にやってきた。

「結婚して子供が欲しいと思ったこともないのですか？」

これは必ずされる質問だった。別の言い方をすれば、それはつまり〝それじゃ、あなたは同性愛者なんですか？〟ということだ。

「一度だけあります」と私は言った。「たった一度きりのことですが」

「何があったんです？」

「私がこれまで愛した女性はたったひとりだけです、ミスター・アジズ……彼女がいなくなってからは……」と言って私はため息をついた。

「亡くなられたのですか？」

私は黙ってうなずいた。胸がつまってもう何も言えないというふうに。

「お気の毒に」と彼は言った。「ああ、申しわけありませんでした。立ち入った質問をしてしまったこと、どうかお赦しください」

それからしばらくふたりとも黙り込んだ。車は走りつづけた。

「驚くべきことに」しばらくして私はぽつりと言った。「一度そういうことがあると、肉欲というものがすっかり失われてしまうものです。ショックのせいでしょうね。立ち直ろうとしてもできないのです」

彼は同情を込めてうなずいた。私の話をすっかり信じたようだった。

「だから私は忘れるために旅をするのです。もう何年もこうして旅を続けています…

……」

やがてわれわれはマガラ山のふもとに達し、道路からは見えない山の反対側——北側に向かってカーヴする砂利道を進みつづけた。「次のカーヴをまわれば、すぐに家が見えます」とミスター・アジズは言った。

われわれは次のカーヴをまわった……すると現われた！　私はびっくりして眼をぱちくりさせた。しばらくは文字どおり自分の眼が信じられなかった。そこにあるのは白亜の城だった——誇張ではない——いたるところに大小の塔や尖塔の見える、高くそびえる白亜の城が灼熱の黄色い岩山の麓に広がる緑の中に、まるでおとぎ話のように存在していたのだ！　まさに夢の世界！　ハンス・クリスチャン・アンデルセンかグリム童話の世界から飛び出してきたようだった。ラインやロワール渓谷のロマンティックな城はこれまでいくつも見てきたが、これほどすらりとして優美で、おとぎ話そのものの雰囲気をまとった城にはお目にかかったことがない！　さらに近づいて見ると、周囲の緑を織りなしているのは美しい芝生の庭とナツメヤシで、そのまわりを純白の高い壁がぐるりと取り囲んで砂漠とのあいだを隔てていた。

「お気に召しましたかな？」とミスター・アジズがにこやかに言った。

「信じられません！」と私は答えた。「まるで世界じゅうのおとぎの城がひとつになって現われたかのようです」

「そう、まさにそれですよ！」と彼は大きな声をあげた。「これはおとぎの城なんです！　私はこれを何よりも娘のために、私の美しい王女のために造ったのです」

こうして美しい王女は、厳格で嫉妬深い父王アブドゥル・アジズによって城壁の中に閉じ込められ、殿方との愉しいおつきあいを禁じられてしまったのです。しかし、そう簡単にはいきません。ごらんなさい、オズワルド・コーネリアス王子が助けにきたではありませんか！　王さまは何も知りませんでしたが、王子は美しい王女を手に入れ、幸せにしてやろうとひそかに決意していたのです。

「どうです、こんな城はなかなかないでしょう」とミスター・アジズは言った。

「いや、おっしゃるとおり」

「それに住み心地もよくて静かです。ここでは落ち着いてぐっすり眠れます。私の姫もそうです。夜中に不届きな若造どもが窓から忍び込んでくる心配もありませんしね」

「なるほど」

「以前ここは小さなオアシスでした」と彼は続けた。「それを私が政府から買い取ったのです。だから水がたっぷり使えるんですよ。家にもプールにも三エーカーの庭にも」

車は正門を通り抜けた。すると——これはもうとてつもなくすばらしい体験だったと言わねばならない——突如として、眼のまえに緑の芝生と花壇とヤシの木に彩られた小天国が広がった。すべてが完璧に手入れされ、スプリンクラーが芝生に水を撒いていた。正面玄関で車が停まるとすぐに、染みひとつないエジプトの民族衣裳《ガラビア》と深紅のトルコ帽という姿のふたりの使用人が走り出てきて車の両側に立ち、われわれのためにドアを開けた。

ふたりの使用人？　しかし、主人のほかにもうひとり車に乗っていると予期していなければ、そんなふうにふたりで飛び出してきただろうか？　そうは思えない。夕食の客として誘拐されたのだという私の突飛な仮説がいよいよ信憑性を帯びてきて、なんとも愉快だった。

ミスター・アジズが先に立って私を案内した。玄関のドアから中にはいると、猛暑の中から冷房の効いた部屋に足を踏み入れたときの一瞬にして汗がひくような爽快感に包まれた。私は玄関ホールに立っていた。床は緑の大理石だった。右手は大きな部屋に通じる広いアーチ状の通路になっていて、涼やかな白い壁、美しい絵画、ルイ十五世時代の見事な家具などが瞬時に見て取れた。いやはや、シナイ砂漠のど真ん中にこのような場所が存在していようとは！

そして今、ひとりの女性がゆっくりと階段を降りてきた。ミスター・アジズは使用人に向かってなにやら話しかけていたので、すぐにはその女性に気づかなかった。女性は階段の一番下の段まで来て足を止め、剝き出しの腕を白いアナコンダのように階段の手すりに置いて、じっと私を見つめた。さながらバビロンの空中庭園のテラスに立つ女王セミラミスのようであり、私は女王に値踏みされる候補者のようだった。彼女の髪は漆黒で、その姿はいかにもなまめかしく、気づくと私は舌なめずりしていた。

ミスター・アジズが振り向き、彼女に気づいて言った。「ああ、おまえ、そこにいたのか。お客さまをお連れしたよ。ガソリンスタンドで車が故障してしまったそうで――なんとも不運なことにね――うちに一晩泊まっていただくことにしたんだ。ミスター・コーネリアス……こちらが私の妻です」

「お眼にかかれて光栄です」と彼女は静かな口調で言って、まえに出てきた。

私は彼女の手を取って口づけし、感謝のことばを述べた。「ご親切に感激しております、奥さま」彼女の手からは魔性の香水のにおいがした。ほとんど動物性の香りだけで構成されていると言ってよかった。マッコウクジラ、雄のジャコウジカ、そしてビーヴァーの分泌物のほのかな香りがすべて混ざり合って、ことばにできないほど刺激的で淫らなにおいだ。それらの圧倒的な香りの中に、ほんのかすかな植物の精油――レモン、カユプテ、ネロリ――の清新な香りがかろうじて嗅ぎ分けられる。なんという魅惑的なにおいであることか！　しかも最初の一瞬で気づいたことがもうひとつある。私が手を取ったとき、彼女は世の女たちがするように、私の手のひらに生の魚の切り身みたいにだらりと手を委ねたりはしなかった。そうはせず、親指を私の手の下にあて、残りの四本の指を上に置いたのだ。それで思わせぶりな圧力をほんのりと相手に伝えることができる。儀礼的な口づけをおこなう私の手に、彼女はまさしくそういうことをやってのけたのだ。それはもうまちがいない。

「ダイアナは？」とミスター・アジズが訊いた。

「プールにおります」そう答えると、夫人は私のほうを向いて言った。「あなたもひと泳ぎされてはいかがですか、ミスター・コーネリアス？　あのひどいガソリンスタンドで足止めされていらしたのでは、火あぶりも同然だったでしょう」

彼女は大きくてビロードのようになめらかな、ほとんど漆黒に近い色の眼をしていた。私に向かってにっこり微笑むと、鼻の頭が上を向いて鼻孔がきゅっと広がった。

その瞬間、オズワルド・コーネリアス王子は、嫉妬深い王さまにお城に閉じ込められている美しい王女のことなどすっかり忘れることにしました。かわりに女王さまを手に入れることにしたのです。

「それは……」と私は言った。

「私もひと泳ぎしよう」とミスター・アジズが言った。

「みんなで一緒に泳ぎましょう」と夫人が言った。「水着をご用意しますわ」

私はさきに部屋へ行って、水泳のあとに着替えるシャツとスラックスを取り出してもいいかと尋ねた。夫人は「ええ、どうぞどうぞ」と答えて、使用人のひとりに私の案内をさせた。使用人は階段を三階まで上がり、特大のダブルベッドが置いてある、白一色の広々とした寝室に私を案内した。部屋の一方には設備の整った浴室が設えられ、淡いブルーで統一された浴槽とビデが並んでいた。どこもかしこも塵ひとつなく清潔で、まるで私の好みに誂《あつら》えたかのようだった。使用人が荷解きをしてくれているあいだに、私は窓辺まで歩いて外を眺めた。地平線の彼方から広大な灼熱の砂漠が黄色い海のように広がり、眼下の庭園を囲む白壁に打ち寄せていた。そして、その壁の内側に水をたたえたプールがあり、プールサイドの大きなピンクのパラソルの陰に、若い娘がひとり、仰向けに寝そべっていた。娘は白い水着姿で本を読んでいた。すらりとした長い脚に黒い髪——王女にまちがいない。

まったくなんというお膳立てだ、と私は思った。白亜の城、この快適さに清潔さ、冷房の効いた空間、まばゆいばかりの美女ふたり、番犬役の夫、そして、一晩かけてのお愉しみ！　まさにこれ以上は望めないほどの好条件。行く手に待ち受ける難題にむしろやる気が掻き立てられる。あけっぴろげな誘惑にはもはやなんの面白みも感じられない。そういうやり方には芸というものがない。仮に魔法の杖のひと振りで嫉妬深い番犬のミスター・アブドゥル・アジズを一晩だけ消すことができたとしても、私はそうはしなかっただろう。虚しい勝利に意味などない。

私が部屋を出ると、使用人が一緒についてきた。階段を二階まで降りたところで——私の部屋の階のすぐ下で——私は立ち止まってさりげなく尋ねた。「ご家族のみなさんはこの階でおやすみになるのかね？」

「はい、さようで」と使用人が言った。「あちらが旦那さまの寝室で」——と一室のドアを指差し——「そのお隣りが奥さまでございます。ダイアナお嬢さまはそのお向かいのお部屋でございます」

三つの別々の部屋。しかし、ほぼ一個所にかたまっている。事実上難攻不落と言っていい。私はその情報を頭の中に叩き込んで、プールに降りた。アジズ夫妻はすでに来ていた。

「これが娘のダイアナです」とミスター・アジズが言った。

白い水着姿の娘が立ち上がると、私はその手を取って口づけした。「初めまして、ミスター・コーネリアス」と彼女が言った。

娘も母親と同じ濃厚な動物性の香水をつけていた——龍涎香《アンバーグリス》、麝香《ムスク》、そして海狸香《カストリウム》！　なんというにおいだろう——臆面もなく淫らなのに、うっとりせずにはいられない！　私は犬のようにそのにおいを嗅いだ。彼女は母親よりもさらに美しいように思えた——そんなことがありうるとしての話だが。母親と同じ大きくてなめらかな眼、同じ黒い髪、同じ顔の形。しかし娘のほうが脚が長いことは疑いようもなく、体つきもわずかに勝《まさ》っているという印象だった。母親よりしなやかであるぶん、柔軟性にはるかに富んでいることだろう。とはいえ、三十七歳前後のはずなのに二十五歳にしか見えない母親のほうも、娘にはとうてい持ちえない底知れぬ輝きを眼に宿している。

さあ、どちらにしよう？——オズワルド王子が王女のことなど忘れて、女王さまだけを手に入れようと心に誓ったのはついさきほどのことでした。それが今は、王女その人を眼のまえにして、いったいどちらを選べばいいのかわからなくなってしまいました。ふたりともそれぞれに測り知れない喜びをもたらしてくれるにちがいありません。ひとりは純真かつ熱烈に、もうひとりは絶妙かつ貪欲に。いっそふたりとも欲しい——王女はオードヴルとして、女王はメインディッシュとして——それが王子の偽らざる願いでした。

「更衣室に水着をご用意してあります、ミスター・コーネリアス」とアジズ夫人に言われたので、私はその小部屋にはいって着替えた。水着を着て出ると、三人はもうプールの中にいた。私も飛び込んで仲間に加わった。プールの水は驚くほど冷たく、私は思わず喘いでしまった。

「びっくりなさると思いました」とミスター・アジズが笑いながら言った。「冷たくしてあるんです。ずっと十八度にね。この暑さではそれくらいのほうが気持ちがいいんです」

しばらくのち、われわれは濡れた水着姿でプールサイドに集まってくつろいだ。陽はもうすでに傾いていた。使用人がよく冷えた淡い色のマティーニを運んできた。この時点で、私はゆっくりと徐々に、きわめて慎重に、私独自の流儀で女性ふたりを誘惑しにかかった。通常、自由に動ける状況であれば、これはさしてむずかしいことではない。私がたまたま持ち合わせている特異な才能――ことばで女性に催眠術をかける能力――が私を裏切ることはまずめったにない。もちろん、これはことばだけで成し遂げられるものではない。ことばそのもの、あるいは無害で表層的なことばというものは口だけで話される一方、真のメッセージ、すなわち不適切で刺激的な下心は、四肢や全身の器官から発せられ、最終的に眼を通して相手に伝えられる。それがどういう仕組みになっているのかは、正直なところ、これ以上説明しようがない。が、とにかく効果はある。それは媚薬《カンタリス》のようによく効く。仮に私がローマ法王の妻と向かい合って坐り――法王が妻帯者だとしての話だが――本気になって語りかければ、十五分もしないうちに彼女は口をうっすらと開け、欲望を宿した眼をとろんとさせて、私にしなだれかからんばかりに身を乗り出してくるだろう。これは世に誇るべき偉大な才能というわけではないが、それでも私はそのつつましい才能を授かったことに感謝しており、それを無駄にしないよう常に心がけている。

そうしてわれわれ四人――驚くほどの美女ふたりに小男と私――はプールサイドに半円状に並べられたデッキチェアでゆったりとくつろぎ、冷たいマティーニを飲みながら、午後六時の暖かい陽射しを肌に感じて過ごした。調子は上々で、私は彼らを大いに笑わせた。例の欲深なグラスゴー老公爵夫人がチョコレートの箱に手を突っ込んで私のサソリに指をはさまれた話をしたときなど、娘が笑い転げてデッキチェアから落ちかけたほどだった。それからパリ郊外の庭にあるクモの温室の中の様子を詳しく説明してみせたときには、母親も娘も嫌悪と興奮に身悶えした。

私がミスター・アブドゥル・アジズの視線に気づいたのはそのときだ。彼は上機嫌で、きらきら光る眼で私をじっと見つめていた。「これはこれは」とその眼は言っているようだった。「なんとも喜ばしいではありませんか。車の中でおっしゃっていたほど、あなたは女性に興味をなくしてしまったわけではなさそうだ……あるいは、この心地よい環境があなたのその深い悲しみをようやく忘れさせようとしている、といったところでしょうか……」ミスター・アジズは例の真っ白な歯を見せて私に微笑みかけた。それは親しげな笑みだった。私も彼に親しげな笑みを返した。なんと人のいい男だろう。彼は私がご婦人方に熱心に眼を向けていることを心から喜んでいる。おかげですべては順調に運んでいた。

それから数時間のことは駆け足で述べよう。真に特筆すべきことが私の身に起こるのは真夜中を過ぎてからのことなのだから。それまでのことはごく簡単に述べておくだけで充分だろう。

午後七時、われわれはプールから引き上げて、夕食前の着替えをするために家の中に戻った。

午後八時、われわれは広大な居間に集まってまたカクテルを愉しんだ。女性たちは見事に着飾り、宝石できらびやかに輝いていた。ふたりとも胸元が大きくあいた袖なしのイヴニングドレスを身にまとっていた。パリの最高級店から取り寄せたものであることは疑いもない。夫人は黒、娘は淡いブルーのドレスで、例の陶酔的な香水のにおいをそこらじゅうに振り撒いていた。まったく、なんという母娘なのだろう！　夫人の肩はわずかに前寄りになっているが、これは非常に情熱的で経験豊かな女性にだけ見られる特徴だ。乗馬好きの女性がしょっちゅう馬にまたがっているせいでがに股になるように、激しい情熱家の女性はたえず男を抱擁するせいで、肩が独特な丸みを帯びてくるのである。これはいわば職業的変形の一種で、その中でも最も崇高なものと言える。

娘のほうはこの非凡なる名誉の印を獲得できる年齢にはまだまだ至っていないが、彼女の場合は一歩さがってその体つきをじっくり眺めるか、部屋の中を歩きまわるたびにぴったりした絹のドレスの下で太腿がすばらしくなめらかに動くのを眼にするだけで充分だった。あらわになった背中から首すじにかけて柔らかな金色の産毛が生えていて、彼女の背後に立ったときには、その愛らしい背すじに沿って指の甲を上下に這わせてみたいという誘惑を抑えるのに苦労した。

午後八時半、われわれは食堂に移った。そこでの夕食は実に豪勢なものだったが、ここで料理やワインの説明に貴重な時間を割くことはすまい。食事のあいだじゅう、私はこの上なく繊細に狡猾に、持てる技巧のかぎりを尽くして、ご婦人方の内なる感覚をくすぐりつづけた。デザートが出てくる頃には、彼女たちは私の眼のまえで日にあたったバターのようにとろけていた。

食後、一同は居間に戻ってコーヒーとブランデーを愉しみ、それからミスター・アジズの提案でブリッジの三回勝負をやることになった。

ゲームが終わる頃には、私はその夜の準備をうまくやりおおせたと確信していた。得意の魔術は今度も私を裏切らなかった。どちらの女性も事情が許せば私の思いのままだろう。これは単なる思い込みなどではない。まぎれもない明白な事実だ。誰が見てもそれとわかるほどの。夫人の顔は興奮で潑剌と輝き、カードテーブル越しに私を見つめるたびに、その大きな黒いなめらかな眼がますます大きく見開かれ、鼻孔がふくらみ、唇が薄く開いて、濡れたピンク色の舌先が歯のあいだからちらりとのぞいた。なんとも言えない扇情的なその仕種に、私は一度ならず誤って切り札を出してしまったほどだ。娘のほうはそこまで大胆ではないものの、同じくらい直接的なことには変わりなかった。私と眼が合うたびに――それもやたらと眼が合った――まるで何かを問いかけるかのように、ほんの数ミリだけ両眉を吊り上げてみせる。そしてすかさず、答はわかっているとでも言うかのように、いたずらっぽく微笑んでみせるのだった。

「さて、もうそろそろ休む時間だ」とミスター・アジズが時計を見ながら言った。「もう十一時すぎだ。おまえたちも引き上げなさい」

するといささか異様なことが起こった。次の瞬間、夫人と娘は――一瞬のためらいもなく、私のほうをちらりとも見ずに――さっと立ち上がり、ドアに向かって歩きだしたのである！　私は不意を突かれ、あまりのことにうろたえた。どう解釈すればいいのかわからなかった。まさにあっというまの出来事だった。しかし、ミスター・アジズが不愉快そうな口ぶりで命じたわけではない。少なくとも私には相変わらず機嫌のいい声音に聞こえた。それでも、もう明かりを消しはじめており、明らかに私にも引き上げることを求めていた。なんという打撃！　私は少なくとも別れぎわに夫人か娘のどちらかから、すばやく二言三言――何時にどこでと耳打ちされるものとばかり思っていたのだ。ところが、そんなことは起こらなかった。私はカードテーブルのそばに阿呆のように突っ立ったまま、ふたりがさっさと部屋を出ていくのを見送るしかなかった。

ミスター・アジズと私はあとから階上《うえ》に向かった。階段を二階まで上がると、母親と娘が並んで待っていた。

「おやすみなさい、ミスター・コーネリアス」と夫人が言った。

「おやすみなさい、ミスター・コーネリアス」と娘が言った。

「それでは、ごゆっくりおやすみください」とミスター・アジズが言った。「何もご不便がなければいいのですが」

彼らは私に背を向けた。私としては、そのままのろのろと重い足を引きずって三階に上がり、自分の部屋に引き上げるしかなかった。部屋にはいってドアを閉めた。どっしりした綿織り《ブロケード》のカーテンはすでに使用人によって閉じられていたが、私はそのカーテンを開けて窓から顔を出し、夜の景色を眺めた。暖かな空気がじっと立ち込め、煌々たる月の光が砂漠を照らしていた。眼下では月明かりを宿したプールが芝生に嵌め込まれた巨大な鏡のように横たわり、その脇に数時間前までわれわれが坐っていた四つのデッキチェアが見えた。

さてと――私は考えた――これからどうなる？

少なくとも、この家で絶対にしてはならないのは、部屋を出て廊下をうろつきまわることだ。それは自殺行為と言っていい。ずっと昔に知ったことだが、亭主族の中には無用な危険を冒してはならない相手が三種族いる――ブルガリア人、ギリシャ人、それにシリア人の亭主だ。彼らはみなどういうわけか、よその男が自分の妻に公然と戯れかけても腹を立てないのに、彼女のベッドに忍び込んだ現場を押さえたが最後、問答無用で男を殺す。ミスター・アジズはシリア人だ。したがって、ある程度の慎重さは不可欠であり、今なんらかの行動を起こすとすれば、私ではなく彼女たち――夫人か娘か、どちらかにしろ――の側からでなければならない。なぜなら彼女たちだけがどう動けば安全で、何をすれば危険か正確に知っているからだ。しかしながら、たった四分前にミスター・アジズが彼女たちを寝室へ追い立てたやり方を眼にしたあとでは、これからさきなんらかの動きがあるとも思えない。そのことは認めざるをえない。問題は生殺しにされて煮えたぎった自分をどうするかだ。

私は服を脱いで、冷たいシャワーを長々と浴びた。それで少しは落ち着いた。月明かりの中では眠れたためしがないので、隙間がないようにカーテンをぴったり閉めた。ベッドにはいって、一時間ほどギルバート・ホワイトの『セルボーンの博物誌』の続きを読んだ。これも心を落ち着かせる効果があった。おかげで、午前零時から一時のあいだにはようやく、それほど苦い思いを噛みしめることなく、明かりを消して眠りにつくことができた。

そうしてうとうとと眠りに落ちかけたそのときだ。かすかな物音が聞こえた。なんの音かはすぐにわかった。これまで幾度となく聞いてきた音、それでいてなお私にとってはいまだにこの世で最もスリルに満ちた刺激的な音。それは一連のごくかすかな金属音で――金属と金属が静かにこすれ合う音――その音をたてるのはいつも決まっている。部屋の外からドアの把っ手をそろそろと、きわめて用心深くまわそうとする人間。たちまち私はすっかり眼が覚めた。が、動きはしなかった。ただ眼を開けて、ドアのほうを凝視した。その瞬間、カーテンに隙間を空けておけばと思ったのを覚えている。ほんのひとすじでも月の光が射し込んでいれば、今まさに部屋にはいろうとする美しい女性の影を一目見ることができるのに。しかし、部屋の中は地下牢のように真っ暗だった。

ドアが開く音は聞こえなかった。蝶番が軋む音もしなかった。が、突然かすかな風が部屋を吹き抜けてカーテンをそよがせたかと思うと、ドアがまた用心深く閉まるときに木が木にそっとぶつかる音がした。そして、把っ手が離され、掛け金がまた掛かるときのカチッという音。

続いて絨毯の上を忍び足でやってくる音がした。

一瞬、恐ろしい考えが頭に浮かんだ――ひょっとしたら、ミスター・アブドゥル・アジズが長いナイフを手にして忍んできたのではないか――が、次の瞬間、ぬくもりのあるしなやかな体が私の上に屈み込み、女性の囁き声が耳に飛び込んできた。「声を出さないで！」

「ああ、愛しい人」と私は言った。いったいこれはふたりのうちのどちらだろうと思いながら。「わかっていましたよ、あなたはきっと……」とたんに彼女の手が私の口をふさいだ。

「お願い！」と彼女は囁いた。「もう何も言わないで！」

私は逆らわなかった。私の口はほかにもっとやりがいのあることをたくさん知っている。彼女の口同様。

ここで私はいったんペンを置かなければならない。私らしくないことは充分承知している。しかし、今回ばかりはこのあとに続くすばらしい場面を詳述することは差しひかえたい。これには私なりの理由があるので、どうかご理解いただきたい。いずれにしろ、たまには読者自身が想像力を働かせてみるのも悪いことではない。お望みとあらば、その想像力を少し刺激するために、簡単かつ正直に述べておこう——私がこれまでに知った星の数ほどいる女たちの誰ひとりとして、このシナイ砂漠の女ほど私を恍惚の極致に誘った者はいなかった、と。その技巧には驚嘆するほかなく、その情熱には圧倒されるほかなかった。彼女はまさに縦横無尽だった。常に新たに複雑な動きに転じてみせるばかりか、いまだかつて私も知りえたことがないほど繊細で奥深い手法を有していた。彼女は偉大な芸術家であり、天才だった。

こう書くと、私の深夜の来訪者はどう考えても夫人のほうだったにちがいないと思われるだろうが、それは早合点というものだ。これらのヒントはなんの決め手にもならない。真の天才とはそのように生まれついているのであって、年齢とはほとんどなんの関係もないからだ。断言してもいいが、私自身、あの部屋の暗闇の中ではまったく確信が持てなかった。どちらかに賭けろと言われてもできなかっただろう。荒々しく放縦な即興演奏《カデンツァ》を聞けば、これは絶対に夫人だろうと思う。夫人にちがいない！　すると突然テンポそのものが変わり、あまりに純真で無邪気な旋律を奏ではじめるので、やはりこれは娘のほうだったかと思う。娘にちがいない！

　答がわからないというのはたまらなくもどかしいもので、なんともじれったかった。そしてまた情けなくもあった。超一流の鑑定家たるもの、いつでも壜のラベルを見ずに年号を言いあてなければならないのに。しかし、このときばかりは私もお手上げだった。一度、マッチの火でこの謎を解き明かそうと思い、煙草に手を伸ばしたのだが、瞬時に煙草もマッチもひったくられ、部屋の隅に投げ捨てられてしまった。そしてまた、一度ならずこの疑問を彼女の耳に囁きかけようともしてみたのだが、三語と発しないうちにまた彼女の手が飛んできて私の口をふさいだ――それも暴力的なほどに。

　よかろう、と私は思った。今はこれで我慢しておこう。明日の朝、階下《した》の明るみの中ではっきりと答が出るのだから。顔の輝き、眼の見交わし方、それ以外にも隠し通せない明らかな兆候はいくらでもあるものだ。さらには首の左側、襟のラインのすぐ上につけた私自身の歯の跡がなによりの証拠となる。これはわれながら狡猾な手で、タイミングも完璧だったから――彼女の情熱が絶頂に達した瞬間に激しく嚙んだのだ――相手は一瞬たりとその行為の重大さに気づかなかったはずだ。

　それはともかく、まったくもって忘れがたい一夜だった。彼女が最後に激しく私を抱擁し、はいってきたときと同じようにすばやく部屋を出ていくまで、少なくとも四時間は経っていたにちがいない。

翌朝、眼が覚めたのは十時すぎだった。私はベッドから出てカーテンを開けた。今日もまた太陽が照りつける暑い砂漠の一日になりそうだった。私はゆっくり風呂に浸かって、いつもどおり念入りに身支度をした。くつろいだ爽快な気分だった。中年になってもなお眼の動きだけで女を部屋に呼び寄せることができると思うと、自分に大いに満足できた。しかもその女ときたら！　ふたりのうちのどちらだったかを知るのが愉しみでならなかった。まもなくその答がわかる。

私はゆっくりと二階分の階段を降りて居間に向かった。

「やあ、おはよう！」とミスター・アジズが声をあげ、書きものをしていた小さな机から立ち上がって私を迎えた。「よくおやすみになれましたか？」

「ええ、おかげさまでぐっすり眠れました」と私は心を込めて言った。

彼は私のすぐそばにやってくると、真っ白な歯を見せて微笑んだ。そして、その鋭敏な小さな眼で、まるで何かを探すかのように私の顔をとくと眺めまわした。

「いい知らせがあります」と彼は言った。「五分前にビル・ロード・サリームから電話がありましてね。郵便トラックがあなたのファンベルトを届けてくれたそうです。サレフが今取り付けていますから、一時間後には出発できるでしょう。朝食がすんだら私の車でお送りしましょう」

私は彼に深い感謝の意を述べた。

「お別れするのが残念です」と彼は言った。「このような形でお立ち寄りいただけたこと、私どもはみな喜んでおります。ほんとうに心から喜んでいます」

私は食堂でひとり朝食をとった。食事がすむと、煙草を吸いに居間に戻った。ミスター・アジズはまだ机で書きものを続けていた。

「お待たせしてすみません」と彼は言った。「どうしてもこれだけ片づけなくてはならないもんで。長くはかかりません。あなたの荷物は用意して車に積むように言ってありますから、ご心配は要りません。ゆっくり一服なさっていてください。女たちもすぐに降りてくるでしょう」

夫人がさきに姿を現わした。颯爽と部屋にはいってくるその姿はまさに、まばゆいばかりのナイルの女王セミラミスそのものであった。私がまず気づいたのは、彼女の首のまわりには淡緑色のシフォンのスカーフがさりげなく巻かれていることだった！　さりげなくも実に用心深く巻いてあった！　そのため首まわりの肌はまったく見えなかった。夫人はまっすぐ夫のもとへ行くと、頰にキスをして言った。「おはよう、あなた」

よくもまあ、この美しい雌犬め——と私は心の中でつぶやいた。

「ミスター・コーネリアス、今朝の調子はいかが？」と彼女はほがらかに言って、私の向かいの椅子に腰をおろした。「よくおやすみになれまして？　何もご不自由はなかったらいいんですが」

私はいまだかつて一度も見たことがない——その朝の彼女ほどに眼をきらめかせ、あるいは喜びに顔を輝かせた女性というものを。

「ええ、実にすばらしい夜でした、おかげさまで」私はそう答えることで、暗黙の了解を彼女に示した。

彼女は微笑して煙草に火をつけた。私はミスター・アジズのほうをちらりと見やった。依然としてこちらに背を向けたまま、忙しそうに書きものを続けていた。自分の妻にも私にもまったく注意を向ける様子がなかった。畢竟、彼も私のために哀れな寝取られ亭主の役を演じさせられたほかの男たちとなんら変わりないということだ。彼らはみなまさか自分の身に——それも自分の鼻先で——そんなことが起こるはずがないと高をくくっているのである。

「おはよう、みなさん！」と声をあげながら、娘もまた颯爽と部屋にはいってきた。

「おはよう、パパ！　おはよう、ママ！」彼女は両親にそれぞれキスをしてから、私に向かって挨拶した。「おはようございます、ミスター・コーネリアス！」彼女はピンクのスラックスに錆色のブラウスという恰好だった。が、なんと彼女も首のまわりに無造作に、それでいて用心深くスカーフを巻いているではないか！　これまたシフォンのスカーフを！

「よくおやすみになれまして？」と彼女もまた同じことを尋ね、まるで恋人がやるように私の椅子の肘掛けにちょこんと腰かけ、太腿を私の前腕に押しつけた。私は身を引いて彼女をまじまじと見つめた。彼女は私を見返してウィンクしてきた。ほんとうにウィンクしたのだ！　その顔は母親に負けず劣らず光り輝いており、むしろ母親以上に満足しているようにさえ見えた。

私はすっかり困惑していた。首すじの噛み跡を隠さなければならないのはひとりだけなのに、ふたりともスカーフで首を覆っている。偶然でないとは言いきれないが、やはり見るからにふたりの共謀のように思われてならない。まるで私に答を知られないよう、ふたりで示し合わせたかのようだ。それにしても、なんと巧妙に謀《はか》ったものだろう！　いったいどういう目的なのか？　これ以外にもふたりでどんなことを仕組んだのだろう？　昨夜のことはくじ引きか何かで決めたのか？　それとも泊り客が来るたびに、単純に交代で臨んでいるのか？　これはなんとしてももう一度、それもできるだけ早いうちにここを訪れて、二度目はいったいどうなるのか確かめなくてはなるまい。なんなら明日か明後日にでも、それだけのためにエルサレムから引き返してきてもいいくらいだ。もう一度招かれるように仕向けるのはさほどむずかしいことではないだろう。

「では、まいりましょうか、ミスター・コーネリアス？」とミスター・アジズが言って、机から立ち上がった。

「ええ、まいりましょう」と私も言った。

夫人と娘がにこやかに微笑みながら先に立って外へ出た。外では大きなグリーンのロールス・ロイスが待っていた。私は彼女たちの手に口づけをして、それぞれに深い感謝のことばを述べた。それからミスター・アジズの隣りの助手席に乗り込んだ。車は出発した。母親と娘が手を振っていた。私は窓を開けて手を振り返した。やがて車は庭園から砂漠に出て、道沿いに立ち並ぶ電柱の横を次々と通り過ぎながら、マガラ山の麓を迂回する黄色い砂利道を走りつづけた。

道中、ミスター・アジズと私はあれこれとりとめのない会話に興じた。もう一度彼の家に招待されなければならないという目的ができたので、私はできるだけ感じよく振舞うことにこれ努めた。必死なほど。もし彼のほうから言い出さないようなら、こちらから話を持ちかけなくてはならない。ただし、それをするのは最後の別れぎわだ。「さようなら。もしまたここを通りかかることがあれば、もう一度お宅に立ち寄ってもかまいませんか？」と有無を言わさず尋ねれば、当然、答はイエスしかないはずだ。

「娘が美人だと申し上げたのは、親の贔屓目だとお思いですか？」と彼が訊いてきた。

「とんでもない、むしろひかえめすぎるくらいです」と私は言った。「お嬢さんはすばらしい美人です。まったく、あなたが羨ましい。しかし、奥さんのほうもお嬢さんに負けず劣らずお美しい。実際のところ、おふたりには危うく心を奪われかけましたよ」と私は笑いながらつけ加えた。

「それには私も気づきました」と彼も笑いながら言った。「ふたりともたいそう悪戯好きでしてね。よその男性と戯れるのが大好きなんです。しかし、私はちっとも気にしません。遊びで戯れるぶんにはなんの害もありませんから」

「なんの他意もありませんからね」と私は言った。

「見ているだけでも愉快なものです」

「ええ、愉しいでしょうね」と私は言った。

三十分たらずで、イスマイリアとエルサレムを結ぶ幹線道路に出た。ミスター・アジズはロールスを黒いタール舗装の道路に乗り入れ、時速七十マイルでガソリンスタンドに向かった。あと数分もすれば到着するだろう。そこで、私はミスター・アジズから招待のことばを誘い出すため、再度の訪問にそれとなく話題を持っていこうとして言った。

「お宅のことは忘れられそうにありません。いや、まったく、すばらしいのひとことに尽きます」

「悪くないでしょう？」

「でも、お三人だけでは時々淋しく思われることもあるんじゃないですか？」

「それはどこにいても同じことです」と彼は言った。「人はどこにいても孤独を感じるものです。砂漠であろうと、市《まち》であろうと――実際、大して変わりはありません。しかし、まあ、あれでもうちには来訪者がいますからね。時折うちを訪ねてくれる人々の数を知ったら、きっと驚かれることでしょう。そう、あなたもそのおひとりです。わが家にお越しいただけてほんとうに嬉しく思っています」

「このご恩は決して忘れません」と私は言った。「これほどのご親切と手厚いおもてなしにあずかることなど、当節めったにないことです」

私は彼がぜひまたいらしてくださいと言うのを待った。が、彼は何も言わなかった。束の間、沈黙が流れた。なんとはなしに気まずい、いっときの沈黙。それを埋めようとして私は言った。「私はあなたほど思いやりにあふれた父親を知りません」

「私が？」

「ええ、そうです。人里離れた砂漠の真ん中に家を建ててそこに住みつづける。それもひとえにお嬢さんを守るため、ただお嬢さんのためを思ってのことなのですから。感服するほかありません」

彼はそれを聞いて微笑んだが、道路に眼を向けたまま何も言わなかった。すでに前方一マイルほど先にガソリンスタンドとそのまわりの小屋が見えていた。太陽は高く昇り、車内も次第に暑くなりはじめていた。

「お子さんのためにそこまでできる父親はそうそういないと思いますよ」と私はなおも言った。

彼はまた微笑んだ。が、今度はどことなく恥じらうような笑みだった。そのあと言った。「実は、そんなふうにお誉めいただく資格は私にはないんです。正直にほんとうのことを申し上げると、私がこれほど辺鄙な場所に住んでいる理由は、あの美しい娘のためだけではないのです」

「それはわかっています」

「ほう？」

「ご自分でおっしゃったではありませんか。もうひとつの理由は砂漠そのものだと。船乗りが海に惹かれるように砂漠に惹かれるのだと」

「ええ、確かにそう言いました。それは嘘ではありません。ですが、もうひとつ、三番目の理由があるのです」

「ほう、それはなんです?」

彼は答えなかった。ハンドルに手をかけて前方の路上を見つめたまま、ただじっと坐っていた。

「いや、失礼しました」と私は言った。「立ち入った真似をしてしまいました。私にはなんの関係もないことなんだから」

「いやいや、いいんです」と彼は言った。「謝っていただくにはおよびません」

私は窓から砂漠を眺めて言った。「昨日よりも暑いようですね。もう三十八度くらいにはなっているでしょう」

「ええ」

少しのあいだ、彼は坐り心地を直そうとするように座席の上でもぞもぞと動いてから言った。「あなたにならあの家の実情をお話ししてもいいような気がします。あなたは噂話をしてまわるような方ではなさそうだから」

「もちろんですとも」と私は言った。

われわれはもうガソリンスタンドの手前まで来ていた。ミスター・アジズは今切り出した話を最後まで続けるために、車のスピードをほとんど歩く速さにまで落とした。ふたりのアラブ人が私のラゴンダのそばに立って、こちらをじっと見ているのが眼にはいった。

「あの娘は」と彼はようやく言った。「あなたがお会いになったあの娘は——ひとり娘ではないのです」

「ほう、そうなんですか？」

「実はもうひとり、あれより五つ上の姉がいるのです」

「きっとその方も妹さんと同じくらいお美しいんでしょうね」と私は言った。「そのお姉さんはどこにお住まいで？　ベイルートですか？」

「いや、家におります」

「どの家です？　まさか今出てきた家ではないでしょ？」

「それが実は、そうなのです」

「でも、一度もお会いしませんでしたよ！」

「そう」と彼はそこで突然私の顔を見て言った。「たぶんお会いになってはいないでしょう」

「でも、なぜです？」

「その娘は不治の感染症を患っているからです」

私は飛び上がった。

「ええ、驚かれるのも無理はありません」と彼は言った。「恐ろしい病気ですから。それも可哀そうに、知覚消失をともなう、特に悪性のものを患っていましてね。耐性が強く、治る見込みはもうほとんどありません。別の型のものならはるかに救いがあるのですが、残念ながらそうではないということです。ですから、うちに来客があるときには、娘はずっと四階の自分の部屋に閉じこもっているのです……」

その頃には車はもうガソリンスタンドに乗り入れていたにちがいない。気づいたときには、ミスター・アブドゥル・アジズが例の鋭敏そうな小さな黒い眼で私をじっと見ながら言っていた。「おやまあ、そんなに心配なさることはありません。大丈夫ですから、どうか落ち着いてください、ミスター・コーネリアス！　あなたは何も恐れる必要はありません。それほど伝染性の強い病気ではないんですから。患者とよほど密接に接触しないかぎり、感染することは……」

私はひどくゆっくりと車から降りて、陽射しの中に立った。病気に顔を蝕まれたアラブ人がにやにやしながら私に話しかけてきた。「ファンベルトは直ったよ。もうすっかり大丈夫だ」私はポケットから煙草のパッケージを取り出した。が、手が激しく震えて地面に落としてしまった。屈み込んでパッケージを拾い、一本取り出してどうにか火をつけた。また顔を起こしたときにはもう、グリーンのロールス・ロイスはすでに道路の半マイル先をかなりのスピードで遠ざかっていた。

夫婦交換大作戦

その夜、ジェリーとサマンサの家のカクテルパーティには四十人ほどが集まっていた。おなじみの顔ぶれ、おなじみの不快さ。そして、おなじみのひどい騒がしさ。互いに体を寄せ合って大声を張り上げなければ話もできないほどだった。多くが真っ白な被せものを施した歯を見せて笑い、ほとんどの客が左手に煙草、右手に飲みもののグラスを持っていた。

私は妻のメアリーたちのグループから離れると、部屋の片隅にある小さなバーに向かい、ストゥールに腰かけて室内のほうに向き直った。こうすれば女たちが眺められる。ゆったりとカウンターにもたれ、スコッチをちびちびやりながら、グラスのふち越しに女たちをひとりずつとくと品定めした。

私の観察の対象は彼女たちの体ではなくて顔だ。と言っても、私が興味を惹かれるのは顔そのものというよりむしろその真ん中にある大きな赤い唇だ。それも唇全体ではなくて下唇。これは最近確信したことだが、下唇というのは実に雄弁な器官だ。眼より多くを物語る。彼女たちの眼は秘密を隠すが、下唇はほとんど隠さない。たとえば、そう、私の一番近くにいるジェーシンス・ウィンクルマンの下唇。その唇の皺を見ると、縦に平行に刻まれた皺と放射状に広がった皺のあることがわかる。唇の皺の模様がまったく同じ人間はふたりといない。つまり、犯罪者の唇紋の記録と犯罪者が犯行現場で口をつけたグラスがあれば、それをもとに犯人を捕まえることもできるということだ。それはともかく、人は苛立ったときに下唇を吸ったり噛んだりする。今まさにそれをやっているのがマーサ・サリヴァンだ。アホづらをした亭主がジュディ・マーティンソン相手にでれでれしているのを遠くから見つめて唇を噛んでいる。一方、下唇を舐めるのは淫らなことを考えている証拠だ。今まさにジニー・ローマックスがテッド・ドーリングのそばに立って彼の顔を見上げ、舌先で唇をひと舐めした。下唇の端から端までねっとりと濡らしていく意図的な舌なめずり。テッド・ドーリングはそんなジニーの舌に眼を奪われている——まさに彼女の狙いどおりに。

そんなふうに部屋じゅうの下唇を次々と眼で追いながら、私は思った。やはり私の考えは正しかった。あの小さな赤い皮膜を見れば、人間の持つ好ましからざる特性——傲慢、強欲、大食、好色といったすべて——がはっきりと読み取れる。ただ、きちんと読み取るにはあらかじめ符号を知っておかなければならない。たとえば分厚く盛り上がった下唇は好色のしるしとされているが、これは男性の場合半分しかあてはまらず、女性の場合はまったくあてはまらない。女性の場合、探し求めるべきは薄い唇——下側の縁が鋭い線を描く薄刃のような唇だ。特に淫乱な女には、そうした下唇の中央上部に、見えるか見えないほどのごくわずかな皮膚の盛り上がりが確認できる。

このパーティの女主人、サマンサの唇にはそれがあった。

そのサマンサはどこに？

ああ、いた、いた。客の手から空のグラスを受け取って、今、おかわりを注ぎにこっちに向かっている。

「あら、ヴィク」と彼女は言った。「ひとりなの？」

まちがいない、と私は胸につぶやいた。彼女はやはり淫乱女《ニンフオ・バード》だ。しかし、相当な珍種だ。なにしろ一夫一婦制を頑ななまでに守っているのだから。何があっても自分の巣から出ることのない、一夫一婦主義の淫乱女。

同時に、彼女は私がこれまでに眼をつけた中で最もそそられる女だ。

「手伝うよ」私はそう言って立ち上がり、彼女の手からグラスを受け取った。「何を注げばいい？」

「ウォッカをロックでお願い」と彼女は言った。「助かるわ、ヴィク」そう言って、すらりと伸びた白い腕をカウンターに置いて身を乗り出したので、横木に乗っかった胸が押し上げられる恰好になった。「おっと」私は思わずウォッカをグラスからこぼしてしまった。

サマンサは大きな茶色の眼を私に向けたが、何も言わなかった。

「ちゃんと拭いておくよ」と私は言った。

彼女はウォッカのグラスを受け取って立ち去った。私はそのうしろ姿を眺めた。彼女は黒いスラックスを穿いていたが、尻の部分の生地があまりにもぴったり張りついているので、どんな小さなほくろや吹き出物も生地越しに透けてしまいそうなほどだった。もっとも、サマンサ・レインボーの尻にはそんなものはひとつもなさそうだが。私はいつのまにか下唇を舐めている自分に気づいた。そう、そのとおり――私は自分につぶやいた――おれは彼女が欲しい。どうにも欲しくてたまらない。しかし、実際に行動を起こすのは危険すぎる。ああいう女に言い寄ろうとするのは自殺行為だ。第一に、彼女はすぐ隣りに住んでいる。あまりに近すぎる。第二に、さっきも言ったとおり、彼女には夫という唯一の相手がいる。第三に、彼女は私の妻のメアリーときわめて親しい仲だ。ふたりは日頃から女同士の秘密を打ち明け合っている。第四に、彼女の夫のジェリーは私の古くからの親友だ。いかにこの私——ヴィクター・ハモンドが情欲に溺れかけていようと、信頼できる長年の友人の妻を誘惑しようなどというのは夢のまた夢だ。

それでも……

バーのストゥールに坐ってサマンサ・レインボーへの情欲を募らせていた、まさにそのときのことだ。ある斬新なアイディアがひそやかに脳内に流れ込んできた。私はじっと坐ったまま、そのアイディアを徐々にふくらませた。部屋の向こう側にいるサマンサをじっと眺め、彼女を構想に組み込んで計画を練りはじめた。ああ、サマンサ、たとえようもなく美しい私の魅惑の宝石、きみを手に入れてみせようじゃないか。

しかし、こんないかれた悪ふざけをして誰にもばれずにすむなどありうるだろうか？

いや、どう考えてもありえない。

だいたいジェリーが合意しなければ試すこともできない。なのに、これ以上考えてどうする？

サマンサは六ヤードほど離れたところでギルバート・マッケシーと話していた。右手の指を背の高いグラスにからめていた。あの長い指はきっと器用に動くにちがいない。

仮にジェリーが面白半分で話に乗ったとしよう。それでもまだ、行く手には巨大な障害物がいくつも待ち構えている。たとえば、身体的特徴に関するちょっとした問題。ジェリーがテニスをしたあと、クラブのシャワーで汗を流すところはこれまで何度も見ているが、今ここで必要なディテールを思い出そうとしてもどうしても思い出せない。そういうディテールはことさら注意を払うようなものでもなければ、そもそも普通は見もしないものだ。

それはともかく、ジェリーにずばり話を持ちかけるなど狂気の沙汰だ。私としてもそこまでは彼を知らない。彼はぞっとするかもしれない。もしかしたら怒りまくるかもしれない。修羅場になることだって考えられる。となると、まずはさりげないやり方で探りを入れる必要がある。

「なあ、ちょっと聞いてくれないか」ほぼ一時間後、私はジェリーにそう言って切り出した。ふたりともソファに坐って最後の一杯を飲んでいた。客は徐々に帰りはじめ、サマンサが玄関口に立って、彼らと別れの挨拶を交わしていた。開け放ったフランス戸の戸口越しに、私の妻のメアリーが盛り土をした花壇のそばでボブ・スウェインと話しているのが見えた。「ちょっと面白い話があってね」と私はソファに並んで坐っているジェリーに言った。

「面白い話？」とジェリーは言った。

「今日、一緒にランチを食べた男からすごい話を聞いたんだ。まったく信じられないような話だ」

「へえ、どんな？」とジェリーは言った。ウィスキーのせいで眠そうだった。

「おれがランチを一緒に食べたその男は、近所に住んでる友達の女房にすっかりのぼせてた。一方、その友達のほうはおれとランチをともにした男の女房に同じくらいのぼせてた。どういうことかわかるよね？」

「つまり、ご近所同士の男ふたりがそろって互いの女房にその気を抱いてた」

「そのとおり」と私は言った。

「だったら、なんの問題もないじゃないか」とジェリーは言った。

「それが大ありだったんだ」と私は言った。「その女房というのがふたりとも実に清く正しく貞淑な女性なのさ」

「サマンサもそうだ」とジェリーは言った。「ほかの男には眼もくれない」

「メアリーだってそうだ」と私は言った。「あいつは立派なやつだよ」

ジェリーはウィスキーを飲み干すと、テーブルの上に注意深くグラスを置いて言った。

「で、どうなったんだ？　下ネタにしか聞こえないけど」

「どうなったのか」と私は言った。「このふたりの不埒者は一計を案じて、彼女たちに一切気づかれることなく、互いの女房をものにすることに成功したんだ。信じられないことに」

「クロロホルムを嗅がせて？」とジェリーは言った。

「いや。奥方たちの意識ははっきりしていた」

「ありえない」とジェリーは言った。「担がれたんだよ」

「そうは思わないな」と私は言った。「細かいところとか、その話しぶりからしてそいつがつくり話をしたと思えない。むしろ確信すらあるね、ほんとうの話だって。それに、いいかい、そいつらの作戦はそれきり終わったわけじゃないんだ。二、三週間おきに同じことを繰り返してるんだよ、もう何ヵ月も！」

「女房たちは知らないいまま？」

「感づいてもいない」

「最後まで聞かせてくれ」とジェリーは言った。「そのまえにもう一杯だ」

われわれはまっすぐバーに向かい、それぞれのグラスを満たしてからまたソファに戻った。

「忘れちゃいけないのは」と私は言った。「あらかじめ膨大な量の準備とリハーサルをする必要があったということだ。それからこの作戦を成功させるためには、微妙な細部まで徹底して情報をやりとりする必要があった。とはいえ、作戦の概要はきわめて単純だ。

彼らはまず決行する日を決めた。仮に土曜の夜としておこう。その夜、二組の夫婦はそれぞれいつもどおりの時間に寝室に引き上げた。十一時か十一時半といったところか。そこからさきはいつもの流れで過ごした。しばらく本を読んだり、まあ、少しはおしゃべりなんかもしたりして、それから明かりを消した。

明かりを消したら、亭主はそれぞれ早々に寝返りを打って寝たふりをした。これは女房がすり寄ってこないようにするためだ。何があろうと絶対にここで寄せつけちゃいけない。そのうち女房は寝る。一方、亭主はばっちり起きてる。ここまではなんの問題もない。

そうして正確なところ、午前一時になると、女房をぐっすり眠り込ませたまま、亭主たちはそっとベッドを抜け出して寝室用スリッパを履いて、パジャマ姿のまま忍び足で階下《した》に降りた。さらに玄関のドアを開けて外に出た。ただし、ドアが勝手に閉まったりしないよう気をつけた。

彼らの家は」と私は続けた。「通りをはさんでほぼ向かい合っていた。静かな郊外の住宅地で、その時間帯、外を出歩くような人間はまずいない。そんな中、パジャマ姿でこそこそ動くふたつの人影が通りを渡ってすれちがう。それぞれが相手の家、相手のベッド、相手の奥方をめざして」

ジェリーは今では一心に耳を傾けていた。酔いのせいで眼はとろんとしていたが、それでも一言一句聞き洩らすまいとしていた。

「その次の段階については」と私は言った。「ふたりとも徹底的に準備をすませていた。まずどちらも相手の家の中をほとんど自分の家のように熟知していた。一階でも二階でも、暗闇で家具をひっくり返すことなく、めざす場所へたどり着くことができた。階段がどこにあって全部で何段あり、何番目の踏み板が軋んで、何番目の踏み板は軋まないかということまで把握していた。二階の寝室にいる奥さんがベッドのどっち側で寝ているのかもわかっていた。

それぞれスリッパを玄関ホールで脱ぐと、裸足にパジャマという恰好でそろりそろりと階段を上がった。そいつが言うには、そこのところはかなりスリルがあるそうだ。なにしろしんと静まり返った真っ暗なよその家なんだからね。おまけに主寝室に行くまでに子供部屋を三つも通り過ぎなきゃならない。その家はいつも子供部屋のドアをちょっとだけ開けたままにしてあるんだそうだ」

「子供だって！」とジェリーは叫んだ。「冗談じゃない。その子たちのひとりが眼を覚ましてこんなことを言ってきたら、どうするんだ。〝パパ？　パパなの？〟なんて」

「その場合もちゃんと対策は講じてあった」と私は言った。「そういうときにはただちに緊急措置が取られることになっている。同様に、いざ寝室に忍び込もうというときに奥さんが眼を覚ましてこう言ったとする。〝ダーリン、どうしたの？　何をうろうろしてるの？〟なんて。この場合もやはり緊急措置だ」

「緊急措置ってどんな？」とジェリーは訊いてきた。

「単純なことだよ」と私は答えた。「すぐさま階下《した》に駆け降りて玄関を飛び出し、向かいの自分の家に着いたらベルを鳴らす。これが相棒への合図になるわけだ。そのとき何をしていようと関係なく、相棒もまた全速力で階下《した》に降りてドアを開け、相棒を中に入れると同時に外に出る。こうすればふたりともすみやかに自分の家に戻ることができる」

「この上なく気まずい思いをしながらね」とジェリーは言った。

「その心配はまったくない」と私は言った。

「玄関ベルの音で家じゅうが眼を覚ますだろうが」とジェリーは言った。

「当然そうなるね」と私は言った。「でも、亭主はパジャマ姿で階上《うえ》に戻ってこう言えばいいだけだ。〝こんな時間にどこのどいつがベルを鳴らしたんだろうって、見にいったんだけど、誰もいなかった。きっと酔っぱらいの悪ふざけだろう〟って」

「もうひとりのほうはどうするんだ？」とジェリーは尋ねた。「女房にしろ子供にしろ、なんだったのかって訊かれて、大慌てで階下《した》に降りたことをどう説明する？」

「こう言えばいいのさ。〝誰かが外をうろついてる足音が聞こえたんで、急いで降りて捕まえようと思ったんだけど、逃げられてしまった〟って。きっと女房は不安そうに訊くだろう。〝実際に姿を見たの？〟って。〝もちろん見たとも〟と亭主は答える。〝通りを走って逃げていった。逃げ足が速すぎて追いつけなかった〟とね。その結果、亭主は勇気ある行動を誉め称えられるというわけ」

「なるほど」とジェリーは言った。「そこまでは簡単だな。充分に計画を練った上でタイミングさえうまく合わせればいいんだから。でも、そのふたりの好き者が実際に相手の女房のベッドにもぐり込めたとして、そのあとはどうなる？」

「ただちに行為を始める」と私は言った。

「女房たちは眠ってるんだぞ」とジェリーは言った。

「だから」と私は言った。「すぐに取りかかるんだよ。あくまでそっとやさしく。同時にどこまでも巧みな愛撫を開始する。で、すっかり眼が覚めた頃には、ご婦人方はヤリたがってヤりたがって、ガラガラヘビみたいにのたくってるというわけ」

「口は利いちゃいけないんだよな」とジェリーは言った。

「それは絶対駄目だ」

「それじゃ、彼女たちが眼を覚ましていよいよ動きだしたとする。何よりまず単純に、体のサイズの問題はどうなる？　その新参者と亭主の身体的なちがいはどうなる？　どちらかが背が高かったり低かったり、肥ってたり痩せてたりしたら？　そのふたりは外見がそっくりだったなんて言うんじゃないだろうね」

「むろん、そっくりじゃなかった」と私は言った。「しかし、身長や体重はほとんど変わらなかった。そこが肝心なところだ。ふたりともきれいにひげを剃っていて、髪の量も似たようなものだった。その程度の類似は珍しくもなんともない。たとえば、そう、きみとおれを見てみろよ。身長も体重もほとんど変わらない、だろ？」

「そうかな？」とジェリーは言った。

「きみの身長は？」と私は尋ねた。

「六フィートちょうどだ」

「こっちは五フィート十一インチ」と私は言った。「一インチ差だ。体重は？」

「百八十七ポンド」

「こっちは百八十四だ。友達同士で三ポンドの差がなんだね？」

いっとき沈黙が流れた。ジェリーはフランス戸の戸口越しに、私の妻メアリーが立っている花壇のほうを眺めていた。メアリーはまだボブ・スウェインと話しており、夕日が髪にきらめいていた。彼女は黒髪の美人で、おまけに豊かなバストの持ち主だ。私はジェリーを盗み見て、彼の舌先がのぞいて下唇の表面を舐めるのを見逃さなかった。

「きみの言うとおりだ」とジェリーはメアリーを見つめたまま言った。「きみとおれは体格的にほとんど変わらない」私のほうに向き直ったとき、彼の頬にはかすかな赤みが差していた。「そのふたりの話を続けてくれ。そのほかのちがいに関してはどうなんだ？」

「顔のことか？」と私は言った。「暗闇じゃ、顔なんか見えないさ」

「顔のことを言ってるんじゃないよ」とジェリーは言った。

「じゃあ、なんのことを言ってるんだ？」

「ナニのことを言ってるんだ」とジェリーは言った。「結局、そういうことだろ？　まさかいくらなんでもそこまでは……」

「そう、そのまさかなんだよ」と私は言った。「つまり、ふたりとも割礼してるかどうかさえ一致していれば、あとのことは全然問題にならなかったそうだ」

「まさか本気で言ってるんじゃないだろうね。この世の男は全員ナニのサイズが同じだなんて」とジェリーは言った。「同じわけがないんだから」

「そんなことはわかってるよ」と私は言った。

「巨根もいれば」とジェリーは言った。「短小だっているだろうが」

「もちろん、どんなことにも極端な例外はあるよ」と私は言った。「でも、一センチ程度の差はあるにしろ、ほとんど同じ寸法の男がどれだけいるか知ったら、きみも驚くと思うね。そいつの話によれば、九割方は標準サイズなんだそうだ。残る一割がめだってでかいか小さいかするだけだって」

「それはどうかなあ」とジェリーは言った。

「だったらいつか確かめてみるといい」と私は言った。「経験豊富な女性に訊いてみるといい」

ジェリーはゆっくりと長々とウィスキーを一飲みした。グラスのふち越しに花壇のそばにいるメアリーをまたじっと眺めながら。「それ以外のことは？」

「なんの問題もなかった」と私は言った。

「なんの問題もなかった？」と彼はおうむ返しに言った。「これがとんだほら話である理由を言おうか？」

「ああ、聞かせてくれ」

「誰でも知ってることだよ。結婚して何年にもなれば、その夫婦間でのお決まりの手順みたいなものが自然と定着するようになる。そういうものさ。新入りがベッドにもぐり込んできたら、たちどころにばれるに決まってる。わかりきったことじゃないか。いきなり全然ちがうやり方でおっぱじめて、気づかれないでいるなんてありえない。相手がどんなに興奮していようと、何かがおかしいことくらいすぐに感づかれてしまうよ！」

「決まりきった手順なら同じように真似できる」と私は言った。「まえもってそのひとつひとつを事細かに互いに説明し合いさえすればいいことだ」

「それってちょっとプライヴェートすぎやしないか」とジェリーは言った。

「初めからこれはプライヴェートなことだよ」と私は言った。「だからそれぞれが自分のやり方を相手に教えればいい。普段どういうふうにやるのか正確に。すべてを包み隠さず。何から何までひっくるめて、始めから終わりまでの手順をまるごと全部」

「なんとね」とジェリーは言った。

「このふたりにしてもそれぞれ新しい役割を覚えなきゃならなかった。実際の話、役者そのものになる必要があった。互いに相手になりすますわけだからね」

「それはそう簡単じゃないだろう」とジェリーは言った。

「ところが、そいつによれば、これがむずかしいことでもなんでもなかったそうだ。唯一気をつけるべき点は、われを忘れて即興で動きださないことだけだ。与えられたト書きにはあくまで厳密に従う。そういうことさ」

ジェリーはまたウィスキーのグラスを口に運び、またしても花壇のそばにいるメアリーに眼をやった。それからグラスを手にしたままソファに深くもたれて言った。

「そのふたりの男は——つまるところ、実際にうまくやってのけたってこと？」

「それはまちがいないね」と私は言った。「今もまだ続けてるんだから。ほぼ三週間おきに」

「夢みたいな話だな」とジェリーは言った。「それにしたって、正気の沙汰とは思えない。危険なことだよ。考えてもみろ、見つかったらどんな悲惨なことになるか。即刻離婚だよ。それも同時に二件、通りをはさんで一件ずつ。そんな危険を冒すだけの価値はないね」

「相当な勇気が必要だろうな」と私は言った。

「そろそろパーティもお開きだな」とジェリーは言った。「みんなカミさんを連れて帰ろうとしてる」

私はそれきりもう何も言わなかった。客人たちがぞろぞろと玄関ホールに移動するあいだ、われわれは二、三分ほど黙ってグラスを傾けた。

「愉しんだって言ってたかい？　きみのその友達は」とジェリーがだしぬけに訊いてきた。

「それはもう最高だって言ってたよ」と私は答えた。「リスクのおかげであらゆる快感が普段の倍になったそうだ。亭主になりすまして何も知らないその女房とやる。これに勝るセックスはないって断言してた」

ちょうどそこへメアリーがボブ・スウェインと一緒にフランス戸を抜けて、部屋にはいってきた。片手に空のグラスを、もう一方の手に炎のように真っ赤なツツジの花を持っていた。花壇で摘んできたのだろう。

「ずっとあなたたちを見てたのよ」と彼女はその花を拳銃のように私に突きつけて言った。「あなた、この十分間ほとんどずっとしゃべりどおしだったでしょ？　この人から何を聞かされたの、ジェリー？」

「猥談」ジェリーはそう言ってにやにやした。

「飲むといつもそうなのよね」とメアリーは言った。

「でも、面白かったよ」とジェリーは言った。「絶対にありえない話だけど。いつかきみも話してもらうといい」

「卑猥な話ってわたしは好きじゃない」とメアリーは言った。「さあ、行きましょう、ヴィク。もう帰る時間よ」

「まだいいじゃないか」とジェリーは言った。視線がメアリーの豊かな胸に釘づけになっていた。「もう一杯飲んでいきなよ」

「ありがとう、でも、もうけっこうよ」と彼女は言った。「子供たちがお腹をすかせて騒ぎだすまえに帰らなくちゃ。おかげで愉しかったわ」

「おやすみのキスはしてくれないのかい？」ジェリーはそう言って、ソファから立ち上がった。メアリーの唇にキスをしようとしたが、彼女がすばやく顔をそむけたので、彼の唇はかろうじてメアリーの頬の端に触れただけだった。

「さがってさがって、ジェリー」と彼女は言った。「飲みすぎよ」

「飲みすぎちゃいないよ」とジェリーは言った。「ちょっとその気になってるだけさ」

「わたしを相手に変な気を起こすのはやめてちょうだい。いい子にしてて」とメアリーは鋭い口調で言った。「そういうのって大嫌い」そう言って、破城槌のように胸を突き出しながら、決然とした足取りで部屋を出ていった。

「またな、ジェリー」と私は言った。「愉しかったよ」

メアリーは玄関ホールで見るからに不機嫌そうな顔をして私を待っていた。サマンサもそこにいて、最後まで残っていた客を送り出していた。器用そうな指、すべらかな肌、すべらかで危険な太腿のサマンサも。「しっかりしてね、ヴィク」と彼女は白い歯を見せて言った。まるで天地創造のようだった——世界の始まり、第一日目の朝。「おやすみ、ヴィク」彼女はさらにそう続けて、私のみぞおちのあたりを指で突いた。

私はメアリーのあとについて家を出た。「気分は悪くない？」と彼女は尋ねた。

「ああ」と私は言った。「でも、どうして？」

「あなたみたいな飲み方をしたら、誰だって気分が悪くなるはずだもの」と彼女は言った。

ジェリーの家と私の家との境には低木の生け垣が昔からあって、私たちはいつもそこに一個所空けた隙間を通って出入りしていた。メアリーと私は無言でその隙間を通り抜けた。家にはいると、メアリーが山盛りのスクランブルエッグとベーコンの夕食をつくり、子供たちと一緒にみんなで食べた。

夕食後、私はぶらりと家の外に出た。空気がよく澄んで涼しい夏の宵だった。ほかに何もすることがなかったので、前庭の芝を刈ることにした。物置きから芝刈り機を出してきて作動させると、行ったり来たりのおなじみの往復運動を始めた。私は芝刈りが好きだ。作業していると心が落ち着く。それに前庭を往復すれば、いつも行きにはサマンサの家を眺め、帰りには彼女に思いを馳せることができる。

十分ほどそうやって芝を刈っていると、生け垣の隙間からジェリーがふらりと姿を現わした。パイプの煙をくゆらせ、ポケットに手を突っ込んで芝生の端に立って私を眺めた。私は彼のまえまで行った。が、芝刈り機のエンジンはアイドリングさせたままにしておいた。

「よう、相棒」と彼は言った。「調子はどうだい？」

「なんだか女房にすっかり嫌われてる」と私は言った。「きみ同様」

「きみの可愛い女房どの」と彼は言った。「言っちゃなんだが、あんなにお堅く取りすました女がほんとうにいるなんて信じられない」

「ああ、わかってるよ」

「自分の家であんなに手厳しくやられるなんて」とジェリーは言った。

「それほどでもなかったと思うけどね」

「いいや、おれにはあれで充分だった」と彼はかすかな笑みを浮かべて言った。

「何が充分だったんだ？」

「ちょっとした仕返しを思いつくには充分だったってことさ。それで提案なんだけどね。きみとおれとでやってみたらどうだろう？　きみの友達がランチのときに話した例のあれを」

聞くなり、興奮のあまり口から胃が飛び出そうになった。私は芝刈り機のハンドルを握ると、エンジンの回転数を上げた。

「おれ、まずいことを言った？」とジェリーは訊いてきた。

私は答えなかった。

「なあ」と彼は言った。「さもしい考えだと思うなら、今言ったことは金輪際忘れてくれ。まさか怒ってるんじゃないだろうね？」

「怒ってるわけじゃないよ、ジェリー」と私は言った。「ただ、自分たちがやるなんて考えもしなかったんでね」

「おれは考えたってことさ」と彼は言った。「条件だって完璧だ。通りを渡って行き来する必要すらないんだから」彼の顔が突然いきいきとしはじめ、両眼がふたつの星のように輝きだした。「どう思う、ヴィク？」

「今考えてるところだ」と私は言った。

「もしかしてサマンサには魅力を感じない？」

「正直、わからない」と私は答えた。

「あいつは愉しい相手だ」とジェリーは言った。「それは請け合うよ」

ちょうどそのとき、メアリーが玄関ポーチに出てくるのが見えた。「メアリーだ」と私は言った。「子供たちを探しにきたんだ。この続きは明日にしよう」

「じゃあ、決まりか？」

「そうかもな、ジェリー。ただし絶対に事を急がないことが条件だ。万事問題ないことが確信できてからじゃないと始められない。まったく。前代未聞のことなんだから！」

「いや、そんなことはない」と彼は言った。「きみの友達も言ってたんだろ、それはもう最高だったって。それにむずかしくもなんともなかったって」

「ああ、それはそうだけど」と私は言った。「確かにそいつはそう言ってた。だけど、こういうことはそれぞれちがうものだよ」私は芝刈り機のスロットルを全開にすると、機械音をうならせながら芝生を横切りはじめた。端まで行って振り返ると、ジェリーはもう生け垣の隙間を通り抜けて、自分の家の玄関のドアに向かって歩いていた。

それから数週間かけて、ジェリーと私は徹底的に策略を練った。バーやレストランでこっそり落ち合って戦略を話し合った。ときには仕事のあと彼が私のオフィスに立ち寄り、閉めきった部屋で秘密会議を開いたりもした。疑問点が持ち上がるたびにジェリーはこう訊いてきた。「きみの友達はどうやったんだ？」そういう質問については、時間稼ぎのために私はこう答えるのだった。「それについては彼に電話して訊いてみるよ」

何度となく議論と相談を重ねた結果、われわれは以下の点について合意した。

一 決行日は土曜日とすること。

二 決行の夜は妻たちをレストランに連れ出し、四人で豪勢な食事をともにすること。

三 ジェリーと私は日曜日の午前一時きっかりにそれぞれの家を出て、生け垣の隙間を抜けてすれちがうこと。

四 午前一時になるまでは、寝室の暗がりの中でベッドで横になっているのではなく、それぞれ妻が寝入り次第、そっと階下《した》に降りてキッチンでコーヒーを飲むこと。

五 非常事態が発生した際には、例の玄関ベル作戦を適用すること。

六 帰りにすれちがう時刻は午前二時とすること。

七 相手のベッドにいるあいだに女性側から何か訊かれた場合、唇を固く閉ざしたまま「んんんん」と答えること。

八 私のほうはただちに紙巻き煙草をやめてパイプに替え、ジェリーと同じにおいを漂わせるようにすること。

九 ふたりともただちに同じ銘柄のヘアオイルとアフターシェーヴ・ローションを使いはじめること。

一〇　ふたりとも普段から腕時計をしたまま寝ているが、その形状はほとんど同じであるため、あえて交換はしない。どちらも指輪はしていない。

一一　それぞれが相手の女性に自分の夫だと思い込んでもらうために、何か特別なしるしを持つ必要がある。そこでわれわれは〝絆創膏作戦〟なる秘策を編み出した。その内容は以下のとおり。決行日の夜、食事のあとすぐに夫婦で自分たちの家に戻ってから、夫たちは必ずキッチンに行ってチーズを一切れ切るのを忘れないようにする。それと同時に、右手の人さし指の先に大きな絆創膏をしっかりと貼りつける。そうやってその指を掲げて妻に言う。「指を切っちゃったよ。どうってことないけど、ちょっと血が出た」こうすることで、あとになって夫たちが互いのベッドにもぐり込んだとき、妻たちは絆創膏で覆われた指に否応なく気づき（そうなるようにこちらから取り計らう）瞬時に自分の夫と結びつけて考えることになる。これは妻側に生じうるどんな小さな疑念をも晴らすために考案されたきわめて重要な心理作戦である。

基本計画についてはそんなところで、その次はわれわれが覚え書きの中で〝間取りの習熟〟と名づけた計画だった。まずはジェリーが私を特訓した。ある日曜日の午後、彼の妻と子供たちが出かけた合間に、彼の家で三時間のトレーニングが施された。彼らの寝室にはいるのは初めてだった。化粧台の上はサマンサの香水やブラシや、そのほかこまごまとしたものでいっぱいだった。椅子の背にはストッキングが垂れ下がり、バスルームのドアの裏には白とブルーのネグリジェが掛けられていた。

「いいか」とジェリーは言った。「部屋にはいるときは真っ暗だ。サマンサはこっち側で寝てるから、きみは忍び足でベッドをまわって、向こう側にすべり込まなくちゃいけない。今から目隠しをして練習だ」

最初のうち、目隠しをした状態では酔っぱらいみたいに部屋をあちこちさまようだけだった。が、一時間も練習すればほぼ問題なく正しい経路を通り抜けられるようになった。それでも、ジェリーから最終的に合格と認められるまでには、目隠しをしたまま玄関から廊下を通り、階段をのぼり、子供部屋のまえを通って寝室にはいり、ぴたりと所定の位置までたどり着く必要があった。しかもそれを盗人のように物音ひとつたてずにやってのけなければならない。結局、三時間に及ぶ奮闘の末、なんとかこれらすべてを習得することができるようになった。

その次の日曜日の朝には、メアリーが子供たちを教会に連れていったあと、今度は私が自宅でジェリーに同様の訓練を施した。彼は私よりこつをつかむのが早く、一時間もしないうちに、一歩も踏みまちがえることなく、目隠し試験に合格した。

この訓練中、われわれは寝室にはいるときに女性側の枕元の電気スタンドのコードを抜くことに決め、まずジェリーが目隠しをしたままコンセントを探りあててコードを引き抜く練習をし、その翌週末には私がジェリーの家で同じ練習をした。

そうして遂に訓練の中でも図抜けて重要な部分となった。〝秘密漏洩〟とわれわれが名づけた部分だ。ここではふたりとも、各々が自分の妻と行為をする際に実践している手順を事細かに説明しなければならない。で、どちらにしろたまにしかやらないような変則的なことについては気にしないことにして、最も疑念が生じにくいと思われる、最も定着したパターンだけを教え合うことに決めた。

この会合はある水曜日の夜六時に、スタッフがみな帰宅したあとの私のオフィスでおこなわれた。最初のうちはなんとなく気まずくて、どちらも自分からは口を開きたがらなかった。それで私はウィスキーのボトルを取り出した。そうしてふたりで強い酒を何杯か呷ると、ようやく気分もほぐれて、講義を開始することができた。私はジェリーの話をメモし、ジェリーは私の話をメモした。その結果、最終的にわかったのは、ジェリーのやり方と私のやり方において大きくちがうのはテンポだけだということだった。しかし、なんというちがいなのか！　彼のやり方といったら（彼の話を信じるとすれば）実に悠長なもので、一瞬一瞬を途方もなく長引かせるものだから、私は内心、相手が行為の最中に眠ってしまうこともあるのではないかと思ったほどだ。もちろん、自分のやるべきことは相手の粗探しではなく、相手を真似ることなのだから、何も言わなかったけれど。

一方、ジェリーにはそんな分別はなかった。私が個人的な説明を終えると、大胆にも訊いてきた。「ほんとにそんなやり方なのか？」

「どういう意味だ？」と私は訊き返した。

「つまり、そんなにあっけなく何もかも終わってしまうのかっていうことだよ」

「いいかい」と私は言った。「相手になんとか指南をするためにわれわれは今ここにいるわけじゃないんだよ。われわれは事実を学ぶために今ここにいるんじゃないのか」

「わかってるよ、そんなことは」と彼は言った。「でも、きみの流儀をそっくり真似るのはなんだか馬鹿げてるような気がするんだけど。まったく。きみのやり方ときたら、田舎の駅をびゅんびゅん走り抜けていく急行列車みたいじゃないか！」

私は口をぽかんと開けて彼をまじまじと見つめた。

「そんなにびっくりしたみたいな顔をするなよ」と彼は言った。「きみの話を聞いたら、誰だってきっと……」

「きっと？」

「いや、忘れてくれ」

「ああ、そうするよ」と私は言った。その実、怒り狂っていた。この世において私にはふたつばかり、他人《ひと》より抜きん出ているものがある。そして、そのことを私はたまたま知っている。そのひとつは車の運転で、もうひとつは言わずもがなだろう。にもかかわらず、私が自分の妻の扱い方もわかっていないとは。厚顔無恥にもほどがある。わかっていないのは私ではなくおまえのほうなのに。可哀そうなサマンサ。長年どれほど苦痛にじっと耐えてきたことか。

「口出しして悪かった」ジェリーはそう言って、ふたりのグラスにウィスキーを注ぎ足した。「夫婦交換大作戦に乾杯だ！　で、いつ決行する？」

「今日は水曜か」と私は言った。「今度の土曜はどう？」

「本気かよ」とジェリーは言った。

「記憶が鮮明なうちに決行するべきだ」と私は言った。「覚えておかなきゃならないことが山ほどあるんだから」

ジェリーは窓辺に歩み寄り、下の往来をしばらく見下ろしてから振り返って言った。

「よし。今度の土曜で決まりだ！」そのあとはそれぞれの車で帰宅した。

「ジェリーと話したんだけれど、土曜の夜にきみとサマンサと四人で食事をすることにした」と私はメアリーに言った。私たちはキッチンにいて、彼女が子供たちのためにハンバーガーを焼いているところだった。

彼女は片手にフライパン、もう一方の手にスプーンを持って振り向くと、青い眼でまっすぐに私を見て言った。「あらまあ、ヴィク、素敵。でも、なんのお祝いなの？」

私はまっすぐ彼女を見返して言った。「いつもとはちがう人たちとそういうことをするのも悪くないって思ったんだ。おれたちはいつも同じ連中とばかり顔を合わせてるだろ？」

彼女は一歩前に出てくると、私の頬にキスをして言った。「素敵な旦那さま。愛してるわ」

「ベビーシッターに電話するのを忘れないように」

「ええ、今夜のうちにしておくわ」と彼女は言った。

木曜日と金曜日は飛ぶように過ぎ、気づけば土曜日だった。決行当日。朝起きるなり、ものすごく興奮していた。朝食をすませてもじっとしていられず、外に出て車を洗うことにした。まさにそこへパイプをくわえたジェリーが生け垣の隙間からぶらりと現われた。

「よう、相棒」と彼は言った。「いよいよ今日だ」

「わかってるって」と私は言った。私もパイプをくわえていた。どうにか吸おうとしてもすぐに火が消えてしまったり、舌を火傷してしまったりで難儀をしていたが。

「気分はどうだい？」とジェリーは訊いてきた。

「最高だね」と私は言った。「そっちは？」

「緊張してる」と彼は言った。

「緊張は要らないよ、ジェリー」

「おれたちはとんでもないことをやろうとしてるんだぜ」と彼は言った。「うまくいけばいいが」

　私はフロントガラスを磨きつづけた。それまでどんな場面でも、ジェリーが緊張を見せたことは一度もなかった。そのことを思うと、少し不安になった。

「おれたちが史上初の挑戦者じゃなくてほんとうによかったよ」と彼は言った。「誰もやったことがないのなら、まず自分ではやろうとは思わない類いのことだよ」

「確かに」と私は言った。

「だから、おれだって緊張しすぎてるわけじゃないのは」と彼は言った。「それはきみの友達がとてつもなく簡単だと言ってたからさ」

「彼は楽勝だって言ってた」と私は言った。「とにかく頼むぜ、ジェリー、そのときになって緊張で固まったりしないでくれよな。そんなことになったら一巻の終わりだからな」

「心配は要らない」と彼は言った。「しかし、いや、まったく、なんとも興奮させられるじゃないか、ええ？」

「確かに」と私は言った。

「なあ」と彼は言った。「今夜はあまり飲まないようにしよう」

「いい考えだ」と私は言った。「それじゃ、八時半に」

午後八時半、われわれ四人――サマンサとジェリー、メアリーと私――はジェリーの車で〈ビリーズ・ステーキハウス〉に乗りつけた。およそ店名に似つかわしくない高級レストランで、女性陣はロングドレスで正装していた。サマンサは胸元ぎりぎりまで露出したグリーンのドレスを着ていて、これまでになく光り輝いていた。テーブルにはキャンドルがともされ、サマンサは私の向かいの席に坐っていたので、彼女が身を乗り出してキャンドルの火に顔を近づけるたびに、下唇の中央上部にある例の小さな皮膚の隆起が眼についた。「さてさて」と彼女はウェイターからメニューを受け取ると言った。「今夜は何をいただいちゃおうかな」

ほほう――と私は心の中でつぶやいた――いい質問だ。

レストランでは何事もつつがなく、女性陣も愉しそうだった。ジェリーの家に戻ったのは十一時四十五分、別れぎわにサマンサが言った。「うちでもう一杯飲みましょうよ」

「そうしたいところだけど」と私は言った。「でも、もう遅い。ベビーシッターを送らなきゃならないし」私とメアリーは自分たちの家に歩いて帰った。ドアを開け、いよいよだと私は自分に言い聞かせた。これからカウントダウンが始まる。頭の中をすっきりさせて、何ひとつ忘れないようにしなければ。

メアリーがベビーシッターに手当てを払っているあいだに、私は冷蔵庫のところまで行き、カナダ産チェダーチーズを見つけると、引き出しからナイフ、戸棚から絆創膏を取り出した。そして、右手の人差し指の先に絆創膏を貼りつけ、メアリーが振り向くのを待った。

「指を切っちゃった」そう言って、彼女に見えるように指を掲げてみせた。「どうってことないけど、ちょっと血が出た」

「今夜はもうお腹いっぱい食べたんじゃなかったの?」彼女が言ったのはそれだけだった。が、絆創膏が記憶に残ったのはまちがいない。これで最初の仕掛けはすんだ。

それから私はベビーシッターを車で家まで送り、帰宅して寝室にはいったのはちょうど十二時頃のことで、メアリーはもう枕元の電気スタンドを消して半分眠りかけていた。私は自分の側の電気スタンドも消し、パジャマに着替えるためにバスルームにはいった。十分ばかりそこでぐずぐずしてから出てくると、果たしてメアリーはぐっすり眠っていた。ベッドにはいって彼女の隣りに身を横たえてもなんの意味もないように思えたので、自分の側のベッドカヴァーをただめくるだけにした。それでジェリーの手間が省ける。それからスリッパを履いて階下《した》に降り、キッチンで電気湯沸し器のスウィッチを入れた。

十二時十七分。あと四十三分。

十二時三十五分、メアリーと子供たちの様子を見に階上《うえ》に上がった。全員ぐっすり眠っていた。

十二時五十五分――行動開始時刻の五分前――最終確認のため、もう一度階上《うえ》に上がった。メアリーのベッドのすぐそばまで行って、そっと彼女の名前を呼んでみた。なんの反応もなかった。いいぞ。これでよし！　行動開始だ！

パジャマの上から茶色のレインコートを羽織り、キッチンの明かりを消して家じゅうを真っ暗にした。玄関のドアの鍵をかけずに外に出た。そして、小躍りしたくなるような興奮を覚えながら、夜の中にそっと足を踏み出した。

家のまえには闇を照らす街灯がなかった。空には月はおろか星ひとつ見えない。どこまでも黒一色の夜だった。が、外気は暖かく、どこからか微風が吹いているのが感じられた。

私は生け垣の隙間に向かった。すぐそばまで近づくと、生け垣そのものがぼんやりと見え、隙間を見つけることができた。そこで立ち止まって待った。やがてジェリーの足音が近づいてくるのが聞こえた。

「よう、相棒」と彼は囁いた。「万事順調？」

「ああ、計画どおりだ」と私も囁き返した。

彼はそのまま私の家に向かった。彼のスリッパが芝生をそっと踏みしめながら遠ざかっていく音が聞こえた。私は私で彼の家に向かった。

ジェリーの家の玄関ドアを開けると、中は外より一層暗かった。注意深くドアを閉め、レインコートを脱いでドアノブに掛け、スリッパを脱いでドアの横の壁に立て掛けた。

眼のまえの自分の両手すら見えず、何もかもが手探りだった。

いやはや、これはジェリーに感謝だ。さんざん目隠しで練習しておいてよかった。今や私を導いてくれるのは両足ではなく、両手の指だった。常にどちらかの手で何かに触れていた――壁、手すり、家具、窓のカーテン。おかげで自分が今どこにいるか正確にわかった。あるいは、わかったつもりになれた。それにしても、こんな真夜中に他人の家に忍び込んでいるのかと思うと、なんとも不気味な心地がした。手探りで階段をのぼりながら、去年の冬にわが家の居間に侵入してテレビを盗んでいった泥棒たちのことをふと思い出した。翌朝、警察が来たとき、私はガレージのまえの雪の上に巨大なうんこが残されていることを伝えた。「やつらは必ずと言っていいほどやるんですよ」と警官のひとりが教えてくれた。「こらえられなくなるんでしょうね、やつらにしてもビビるんでしょう」

私は二階に上がった。右手の指先を壁に這わせて、階段をのぼりきったあたりを過ぎ、廊下を進んだ。最初の子供部屋のドアに手が触れたところで立ち止まった。ドアはわずかに開いていた。じっと耳をすますと、八歳のロバート・レインボーがすやすやと寝息を立てているのが聞こえた。私は先に進んだ。ふたつ目の子供部屋のドアに手が触れた。ここは六歳のビリーと三歳のアマンダの部屋だ。またじっと耳をすました。すべてが順調だった。

主寝室はそこから四ヤードほど先、廊下の突きあたりにあった。私はドアに触れた。ジェリーが少し開けたままにしておいてくれた。これも計画どおりだ。中にはいると、身じろぎひとつせずドアのまえに佇んで耳をそばだてた。サマンサが眼を覚ましている気配はなかった。室内は静まり返っていた。じりじりと壁伝いに進み、ベッドのサマンサの側までたどり着いた。すぐに床にしゃがんで枕元の電気スタンドのプラグを探りあてると、コンセントから引き抜き、カーペットの上に置いた。よし。これでより安全になった。立ち上がってもサマンサはまったく見えず、この時点ではなんの音も聞こえなかった。ベッドに屈み込んでみた。よし、よし。寝息が聞こえた。そのとき不意にその夜彼女がつけていた濃いムスクの香りが鼻先をかすめ、一気に股間に血が集まるのが感じられた。私は大きなベッドのへりを二本の指でそっと撫でるようにして、忍び足ですばやく反対側にまわり込んだ。

あとはベッドにはいるだけだ。だからそうした。マットレスに体重をかけたとたん、まるで誰かが部屋の中でライフルでもぶっ放したかのような音を立ててスプリングが軋んだ。私はじっと横になったまま息を殺した。心臓が口から飛び出しそうなほどばくばく高鳴っていた。が、サマンサはこちらに背を向けたまま身じろぎひとつしなかった。私はベッドカヴァーを胸まで引っぱり上げて彼女のほうを向いた。彼女は女性特有のほてりのようなものを発していた。さあ、行くぞ！　今だ！

私は手を伸ばして彼女の体に触れた。彼女のネグリジェは温かく、絹のようになめらかだった。ヒップの上にそっと手を置いてみたが、それでも反応はなかった。一分ほどその状態で待ってから、ヒップに置いた手をこっそり這わせるようにして、彼女の体を探った。ゆっくりと、丹念に、そして正確に。彼女に火をつけるために指を動かした。ようやく彼女が身動きした。そして、寝返りを打って仰向けになると、眠そうにつぶやいた。「あらまあ……ああ、なんてこと……もう、あなたったら！」

もちろん私は何も言わなかった。ひたすら黙って作業を続けた。

そうして数分が過ぎた。

彼女は微動だにせず横たわっていた。

さらに一分が過ぎた。さらにもう一分。彼女はぴくりとも動かなかった。

いつになったら興奮するのだろう。私は疑問に思いはじめた。

そう思いながらも、そのまま頑張りつづけた。

しかし、それにしてもなぜ声ひとつあげないのだろう？　なぜ身じろぎひとつすることなく、凍りついたようにじっとしているのだろう？

そこではたと気づいた。ジェリーのことをすっかり忘れていた！　興奮のあまり、彼独自の手順のことを見事に忘れていたのだ。私は彼のやり方ではなく自己流でやろうとしていた。彼のやり方は私のよりはるかに複雑で、ばかばかしいほど込み入っていた。まったくの無駄と言ってもよかった。とはいえ、それが彼女にとっては慣れ親しんだ手順なのだ。だから今はいつもと様子がちがうことに気づいて、いったい何が起こっているのか理解しようとしているのだろう。

が、もう遅すぎた。今さら方向転換するのは無理だ。このまま続けるしかない。

私はそのまま続けた。横たわったサマンサはまるでコイルばねみたいに全身をこわばらせていた。私の体から汗が噴き出しはじめた。

そこで突然彼女が妙なうめき声をあげた。

さっきより恐ろしい考えが脳裏をよぎった。彼女は具合が悪いのだろうか？　まさか心臓発作を起こしたのでは？　急いで逃げるべきだろうか？

彼女がまたうめいた。今度はもっと大きな声で。そして次の瞬間、「ああ、いくわ、いく、いく、いく！」と叫んだかと思うと、導火線をじりじりと伝った火がようやくダイナマイトに到達したかのように、一気に全身を弾けさせた。私を荒々しく掻き抱くと、すさまじい獰猛さで襲いかかってきた。まるでトラ《タイガー》に襲われているかのようだった。

正確には、雌トラ《タイグレス》？

それまで女性にできるとは夢にも思わなかったようなことをサマンサは私にしてくれた。彼女はまさに竜巻だった。眼もくらむほど激しく吹き荒れる嵐だった。私は根こそぎ引っこ抜かれ、振りまわされ、天高くさらわれて、それまで存在することさえ知らなかった場所へと連れていかれた。

私自身はなんの貢献もしなかった。どうしたらできる？　私にはなすすべがなかった——空高く吹き上げられたヤシの木のように、トラの鉤爪に捕えられた仔羊のように。息をするのもやっとという体たらく。

それでも同じことだった。凶暴な女性のなすがままに身を委ねるというのはスリリングきわまりなかった。それからの十分、二十分、あるいは三十分——どうしてそんなことがわかる？——嵐はさらに激しさを増した。しかし、ここでそのおぞましい詳細を披露するつもりはない。私は秘すべきものを人前にさらすことには与しない。申しわけないが、そういうことだ。あとはただ私のこうした分別のためにみなさんが拍子抜けしないことを祈るばかりだ。言うまでもないが、私のほうは拍子抜けとはほど遠かった。身を焼き尽くすような最後の爆発の瞬間、私は近所じゅうの眼を覚まさせたにちがいないほどの雄叫びをあげた。そしてどっとくずおれた。一滴残らず搾り出されたワインの皮袋のようにへなへなと。

サマンサはというと、ただグラス一杯の水を飲んだだけだとでも言わんばかりに、あっさり私に背を向けてまた眠りについた。

ふう！

私はじっと横になったままゆっくりと息を整えた。

やはり私の考えは正しかった。彼女の下唇のあの小さな隆起について。どんぴしゃりだったではないか。

思えば、このとんでもない大冒険に関して、私の判断はほぼだいたいのところ正しかったということだ。まったく、これほどうまくいくとは！　私はこの上ないくつろぎと途方もない達成感を覚えた。

ふと時間が気になった。私の腕時計は蛍光時計ではないので、時刻がまったくわからない。しかし、もう行ったほうがよさそうだ。私はベッドからそっと抜け出した。出ていくときも手探りで——来るときほど慎重ではなかったが——ベッドをまわり込み、寝室を出て壁伝いに廊下を進み、階段を降りて玄関ホールにたどり着いた。レインコートとスリッパを見つけてもとどおり身につけると、レインコートのポケットにはいっていたライターをつけて時間を確認した。二時八分前。思ったより遅かった。私は玄関のドアをあけ、夜の真っ暗闇の中に踏み出した。

すると、今度はジェリーのことが気になってきた。彼は大丈夫だろうか？　うまくやりおおせただろうか？　暗闇の中、私は生け垣の隙間をめざした。

「よう、相棒」とすぐそばで囁く声がした。

「ジェリー！」

「うまくいったか？」とジェリーは訊いてきた。

「それはもう」と私は言った。「信じられないほどさ。そっちは？」

「同じく」と彼は言った。闇の中で私に向かって笑いかけている彼の真っ白な歯が光った。「やったな、ヴィク！」と彼は私の腕に触れて囁いた。「きみの言ったとおりだ！大成功だ！　とんでもなくすばらしかったよ！」

「明日また会おう」と私は囁き返した。「とりあえず帰宅だ」

そうして別れると、私は生け垣を抜けてわが家にはいった。そして、三分後には無事に自分のベッドに身を横たえた。妻は隣りでぐっすり眠っていた。

翌日は日曜日。日曜日はいつもそうするように、八時半に起きてパジャマの上にガウンを羽織り、家族の朝食をつくるために階下《した》に降りた。メアリーはまだ寝室で眠っていた。子供たちふたり――九歳のヴィクターと七歳のウォリー――はとっくに階下《した》にいた。

「おはよう、パパ」とウォリーが言った。

「今日はすごい新メニューがあるぞ」と私は言った。

「どんな？」と子供たちは同時に声をあげた。ふたりはすでに街中に行っており、取ってきた日曜新聞を広げて漫画を読んでいた。

「トーストを焼いてバターを塗って、その上にオレンジマーマレードも加える」と私は言った。「さらにその上にかりかりに焼いたベーコンをのせる！」

「ベーコン？」とヴィクターが言った。「オレンジマーマレードの上に？」

「おまえが言いたいことはよくわかる。だけど、食べてみたらびっくりするぞ。これがうまいのなんのって」

私はグレープフルーツジュースをグラスに注ぎ分け、自分は二杯飲み、メアリーが降りてきたときのためにもう一杯テーブルに置いた。電気湯沸し器のスウィッチを入れ、パンをトースターに入れ、フライパンでベーコンを焼きはじめた。ちょうどそのとき、メアリーがキッチンにはいってきた。ネグリジェの上に桃色のシフォン地の透けそうに薄いガウンを羽織っていた。

「おはよう」と私は言って、フライパンを揺すりながら肩越しに彼女を盗み見た。

彼女は返事をしなかった。黙ってキッチンテーブルの自分の席に腰をおろすと、ジュースをちびちび飲みはじめた。私にも子供たちにも眼を向けようとはしなかった。私はフライパンを揺すりつづけた。

「おはよう、ママ」とウォリーが言った。

彼女はこれにも返事をしなかった。

私はベーコンの脂のにおいでだんだん気分が悪くなってきた。

「コーヒーが欲しいんだけど」とメアリーは言った。まわりを見ようともせず、ひどく不自然な声で。

「すぐにいれるよ」と私は言って、フライパンを火からおろすと、手早くインスタントのブラックコーヒーをいれ、彼女のまえに置いた。

「ふたりとも」と彼女は子供たちに向かって言った。「食事ができるまで向こうの部屋で読んでてくれるかしら」

「ふたりともってぼくたちのこと？」とヴィクターが言った。「どうして？」

「ママがそうしてほしいから」

「ぼくたち、何か悪いことした？」とウォリーが尋ねた。

「いいえ、そうじゃないの。ちょっとのあいだパパとふたりきりになりたいだけ」

私は身の縮む思いがした。逃げ出したかった。今すぐ玄関のドアを飛び出して通りを全速力で走ってどこかに隠れてしまいたかった。

「あなたもコーヒーを持ってきて、ヴィク」と彼女は言った。「ここに坐ってちょうだい」声にはなんの感情もこもっていなかった。怒りも何も。そして、依然として私の顔を見ようとしなかった。子供たちは漫画の紙面を持って部屋を出ていった。

「ドアを閉めて」とメアリーはふたりに呼びかけた。

　私は自分のカップに粉末コーヒーをスプーンに一杯入れて、湯を注いだ。ミルクと砂糖も入れた。沈黙に身も心も粉々になりそうだった。キッチンを横切って、彼女の向かいの自分の椅子に坐った。電気椅子に坐ったも同然の心地だった。

「ねえ、ヴィク」と彼女は自分のコーヒーカップを見つめながら言った。「決心が鈍って何も言えなくなるまえに、これだけは言っておきたいの」

「おいおい、どうしたんだ、そんなにもったいぶって」と私は言った。「何かあったのか？」

「ええ、ヴィク、あったわ」

「何が？」

　彼女の顔は青ざめていて、じっと動かず、その表情は心ここにあらずといったふうだった。自分がキッチンにいることさえわかっていないように見えた。

「さあさあ、早く。言ってごらんよ」と私は勇気を奮い立たせて言った。

「こんな話、あなたは聞きたがらないと思うけど」彼女はそう言って、何かに取り憑かれているようにも見える大きな青い眼を一瞬私に向けた。が、すぐにまたそらした。

「おれが聞きたがらない？　何を？」と私は言った。あまりの恐怖に便意をもよおしてきた。あのとき警官が言っていた泥棒の気持ちがよくわかった。

「わたしがセックスとかそういう類いの話が嫌いなのはあなたも知ってるでしょ？」と彼女は言った。「結婚してからずっとわたしのほうからそういう話をしたことはただの一度もなかった」

「確かに」と私は言った。

彼女はコーヒーを一口飲んだ。が、味わっているふうには見えなかった。「つまりこういうことよ」と彼女は言った。「好きになれなかったのよ。ほんとのことを言うと、大嫌いだったの」

「大嫌いだったって、何が？」

「セックスよ」と彼女は言った。「するのが嫌だったの」

「そんな、まさか！」

「ほんのちょっとでもいいと感じたことすら一度もなかった」

これだけでも身も心も粉々になりそうな衝撃だった。が、さらにとどめの一撃が待っていた。そのことにはもう確信があった。

「驚かせたならごめんなさい」と彼女はつけ加えた。

私は何を言えばいいのかもわからず、ただ押し黙った。

彼女はコーヒーカップからまた眼を上げると、今度は何かを計算するかのようにじっと私の眼をのぞき込んだ。が、やがてまた視線を落とすと言った。「言うつもりはなかったのよ。ゆうべのことがなければ、絶対に言わなかった」

私は恐る恐る口を開いた。「ゆうべのこと？」

「ゆうべ」と彼女は言った。「突然わかったのよ。今まで理解できてなかったセックスのほんとうの意味が」

「そうなのか？」

彼女はそこで初めて私をまともに見ると、ぱっと花が咲いたような晴れやかな表情で答えた。「ええ、そうなのよ」

私は固まっていた。

「ああ、ダーリン！」彼女はそう声をあげると、椅子から飛び上がって私に駆け寄り、熱烈なキスをしてきた。「すばらしい夜をありがとう！　あなたはとっても素敵だった！　わたしもとっても素敵だった！　ふたりとも最高に素敵だった！　そんなに恥ずかしそうにしないでちょうだい、ダーリン！　堂々と胸を張るべきよ、あなたはほんとうにすばらしかったんだから！　愛してるわ！　ほんとにほんとに愛してる！」

私はただそこに坐っていた。

彼女は私に体を寄せ、肩に腕をまわしてきた。そしてそっと囁くように言った。「これでやっと、あなたにも……なんて言ったらいいのかしら……わたしの求めてるものが何かわかったわけだし、これからはきっと何もかもが最高にすばらしくなるわ！」

私はまだじっと坐っていた。彼女はゆっくりと自分の椅子に戻った。大粒の涙が彼女の頰を伝っていた。なぜなのか私には理解できなかった。

「思いきって言ってよかった、でしょ？」と彼女は涙に濡れた笑顔で言った。

「ああ」と私は言った。「ああ、そうだね」そして、彼女と向かい合わずにすむよう、立ち上がってコンロのまえまで歩いた。キッチンの窓からジェリーの姿が見えた。日曜新聞を小脇にはさんで自宅の庭を横切っていくところだった。一歩ごとに小躍りするような軽快な足取りで玄関ポーチまで歩くと、彼は階段を一段飛ばしで駆け上がった。

やり残したこと

アナがキッチンでサラダ菜を洗って夕食の支度をしていると、玄関のベルが鳴った。ベルは流しのすぐ上の壁に取り付けられていて、これが鳴ったときたまたまそばにいると、アナは必ずびっくりする。だから夫や子供たちは決してこのベルを鳴らさないようにしていた。今回のベルの音はいつにも増してけたたましく聞こえ、アナはその分よけいにびくっとした。

ドアを開けると、ふたりの警官が立っていた。そろって蠟のように青白い顔でアナを見ていた。彼女はふたりを見つめ返し、相手が何か切り出すのを待った。

そのままじっと見つめていたが、彼らは何も言わず、身動きもしなかった。固まってしまったように微動だにしないので、まるで誰かがふざけて二体の蠟人形を玄関先に置いていったかのようだった。どちらも体のまえでヘルメットを両手に抱え持っていた。

「なんでしょう？」とアナは尋ねた。

ふたりとも若く、肘まである革の長手袋をはめていた。背後の歩道沿いに彼らの大型バイクが二台停めてあった。枯れ葉がそのまわりに舞い落ちていた。あるいは歩道に沿って吹き飛ばされていた。よく晴れており、風の強い九月の夕べの黄色い光に通り全体が輝いていた。背の高いほうの警官が落ち着かない様子で体の重心を片方の足からもう一方の足に移して、低い声で言った。「ミセス・クーパーですか？」

「ええ、そうです」

もうひとりの警官が尋ねた。「ミセス・エドマンド・J・クーパー？」

「そうですけど」そこでようやく彼女にもわかってきた。この男たちが用件を切り出したがらないのは、何か嫌なことを言わなければならないからだ。そうでなければこんなふうに振る舞うはずがない。

「ミセス・クーパー」とひとりが言うのが聞こえた。その言い方――まるで病気の子供を労わろうとするかのようなやさしい声音――を聞いた瞬間、何かとてつもなく恐ろしいことを告げられるのが彼女にもわかった。パニックの大波がどっと押し寄せ、彼女は尋ねた。「何があったんです？」

「お知らせしなければなりません、ミセス・クーパー……」

警官はそこでことばを切った。彼女は相手をじっと見つめた。皮膚に包まれた全身がどこまでもどこまでも小さく縮んでいくように感じられた。

「……午後五時四十五分頃、ご主人がハドソン・リヴァー・パークウェイで交通事故に遭われ、救急車で運ばれる途中にお亡くなりになりました……」

言いおえた警官が鰐革の財布を取り出した。二年前の結婚二十周年の記念に彼女がエドに贈ったものだ。受け取ろうとして手を伸ばしながら、彼女は思わずにいられなかった——ほんの少しまえまで夫の懐にあったのだから、まだそのぬくもりが残っているのではないか、と。

「何か私たちにできることがあれば」と警官が言っていた。「誰かに来ていただくように電話するとか……お友達か親戚の方にでも……」

その声は次第にアナの耳から遠のいていき、やがてすっかり消えた。叫びだしたのはそのタイミングだったにちがいない。彼女はたちまち半狂乱になり、警官がふたりがかりで落ち着かせようとしても敵わなかった——四十分ばかりかかって、ようやく医者が到着し、彼女の腕に何かを注射するまで彼女は叫びつづけた。

翌朝、目覚めてもその調子だった。医者や子供たちが何を言って聞かせても無駄だった。次の数日間、彼女はほぼずっと鎮静剤を与えられた。そうでもしなければまずまちがいなく自らの命を絶っていただろう。薬の効果がとぎれたわずかのあいだ、彼女はまるで正気を失ったように夫の名前を呼んでは、自分も一刻も早くそっちに行くからと叫びつづけた。聞いていて、なんともおぞましい叫び声だった。しかし、彼女の弁護のために言っておくと、彼女が亡くした夫というのがそんじょそこらにいるような並の夫ではなかったのだ。

アナ・グリーンウッドがエド・クーパーと結婚したのは、ふたりが十八歳のときだった。それからともに暮らすうちに、夫婦はとうていことばでは言い表わせないほど強い絆で結ばれるようになり、互いなしではいられないようになったのだ。年を重ねるごとにふたりの愛はどこまでも激しさを増し、しまいにはエドが出勤する毎朝の別れですら耐えがたくなるほどになった。もはや完全に常軌を逸していた。夜になって帰宅すると、夫は妻の姿を求めて家の中に突進し、妻は妻で、玄関のドアが閉まる音を聞きつけるや、何もかもを放り出して、夫をめがけて一散に走り、全速力で彼の胸に飛び込んだ——階段の途中や階段を上がりきったところで、あるいはキッチンと玄関ホールのあいだで。そんなふうに〝再会〟すると、夫は妻を掻き抱き、まるで彼女が昨日結婚したばかりの新妻であるかのように、何分にもわたって熱烈なキスを浴びせるのだった。なんというすばらしさ。信じられないような、すばらしすぎたそんなふたりの関係を思えば、夫が存在しなくなった世界で彼女がそれ以上生きていく気になれなかったのも無理からぬことだろう。

彼女の三人の子供たち――アンジェラ（二十歳）、メアリー（十九歳）とビリー（十七歳半）はこの惨事ののち、彼女のそばを片時も離れなかった。三人とも母を深く愛しており、どうにかして母に自殺を思いとどまらせたいと思っていた。愛情のかぎりを尽くし、人生にはまだ生きるだけの価値があるのだからと必死になって母を説得した。彼女が最後にはなんとか悪夢から抜け出し、徐々に日常の世界に戻れるようになったのは、ひとえに子供たちの献身の賜物だった。

惨事から四ヵ月後、彼女は〝まずまず安心〟と診断され、不承不承ながらもとの生活に復帰することができた。もうほとんど成人している子供たちのために家を切り盛りし、買いものに出かけ、食事をつくる毎日をまた送るようになった。

しかし、それからどうなったか？

その冬の雪がまだ残っているうちに、アンジェラがロードアイランド州出身の若者と結婚し、州都プロヴィデンスの郊外で暮らすために巣立っていった。

さらにその数ヵ月後、今度はメアリーがミネソタ州スレイトンという町出身のブロンドの大男と結婚し、はるか彼方へと永久に飛び去っていった。実のところ、アナの心はまたしても粉々に砕け散ろうとしていた。それでも、娘たちにはそんなそぶりを露ほども見せなかったと自分では思い、そのことを自ら誇りに感じていた。(「ねえママ、夢みたいでしょう!」「そうね、ダーリン、こんな素敵な結婚式は初めてよ! わたしのほうが興奮してるくらい!」などなど)

そして、最後にとどめを刺すかのように、十八歳になったばかりの最愛のビリーまでエール大学にかようために家を出ていった。

こうしてあっというまにアナは空っぽの家にひとり取り残された。

二十三年ものあいだ、にぎやかで慌ただしくて夢のように愉しい家族との暮らしを送ってきたのに、朝ひとりで寝室から降りてきて、コーヒーとトーストの朝食を黙々とすませ、丸一日をどうやって過ごそうかと考えるのは、なんとも辛いことだった。以前は笑い声に満ちあふれていたこの部屋――幾度となく誕生日を祝い、クリスマスツリーを飾り、数えきれないほどのプレゼントを開けたこの部屋――も今は静まり返って、妙に冷えびえとしていた。暖房がはいっているので室温はちょうどいいのに、それでも寒々しく感じられる。部屋の時計は止まったままだ。そもそも時計のねじを自分で巻くことなど、彼女は一度もしたことがなかった。坐ったまま傍らの椅子にじっと視線を落とし、その椅子が傾いていることになぜ今まで気づかなかったのだろうと不思議に思う。顔を起こすと、ちょっと眼を離した隙に部屋の四方の壁がじりじりと自分のほうに忍び寄りはじめたような気がする。そうして突然パニックに襲われるのだ。

初めのうち、アナはコーヒーカップを電話のところに持っていって、片っ端から友達に電話をかけた。しかし、彼女の友達にはみな家庭があった。みんないつも精一杯の思いやりをもって、ほがらかに接してくれはした。それでも、朝っぱらから電話の向こうの孤独な未亡人とじっくり話し込むほど暇ではなかった。アナは友人たちのかわりに、嫁いだ娘たちに電話をかけるようになった。

娘たちも友人同様、いつも心やさしく接してくれた。が、じきにアナはふたりの態度にわずかな変化を感じ取った。娘たちの人生において彼女はもはや一番の存在ではなくなっていた。今やふたりには夫がいて、生活のすべてがその夫を中心にまわっていた。さりげなくも確実に母親は背景へと押しやられていた。アナにはそれがショックだった。娘たちが正しいことはわかっていたが。ふたりは何もまちがっていない。彼女にはもう娘たちの生活に立ち入る権利も、母親をないがしろにする罪悪感を娘たちに味わわせる権利もないのだ。

定期的にドクター・ジェイコブスの診察を受けていたが、実際にはなんの役にも立っていなかった。医師はなんとか彼女に話をさせようとし、彼女としてもできるだけの努力はした。時折、彼はセックスと昇華に関するやたらと遠まわしな話を彼女に聞かせた。何を言わんとしているのかアナにはまともに理解できたためしがなかったが、その趣旨はどうやら新しい相手を見つけるべきだということのようだった。

家の中をふらふらと歩きまわり、かつてエドが身につけていたものに指で触れることが彼女の習慣になった。夫の靴の中に手を差し入れては、彼の足指のつけ根のふくらみが靴底につくった小さなへこみの感触を確かめたりした。穴のあいた靴下を見つけ、それを繕うことにえも言われぬ喜びを覚えた。ときには夫のシャツとネクタイとスーツを取り出して、彼がすぐに着られるようにベッドの上に広げてみたりもした。雨の降る日曜日の朝にはアイリッシュ・シチューをつくったりもした……

そんなふうに生きつづけるなどもう無理だった。

では、何錠飲めばいいだろう、今度こそ絶対に失敗しないためには？　彼女は二階の隠し場所に行って錠剤を数えてみた。九錠しかない。これで足りるだろうか？　そうは思えなかった。ああ、なんてこと。失敗してもう一度あんな思いをするなんて考えたくもない――救急搬送、胃洗浄、ペイン・ホイットニー精神科病院の七階、精神科医たち、あの屈辱感、あのみじめさ……

となると、剃刀の刃を使うしかない。しかし、剃刀の場合、問題になるのは、正確にやってのける必要があるということだ。剃刀の刃で手首を切ろうとして無残にしくじる者はあとを絶たない。実のところ、挑戦した者のほとんどは失敗に終わっている。切り込みが浅すぎるからだ。体のもっと奥を、血が流れている太い動脈を、切らなければならない。静脈では駄目なのだ。静脈を切れば見た目には派手に血が流れるが、目的を達することはまずできない。あまつさえ、剃刀の刃を扱うのはそう簡単なことではない――しっかりと切り込みをいれ、狙った場所まで深く深く刃を押し込まなければならない。それでもアナにはうまくやる自信があった。失敗した者たちは所詮失敗することを望んでいたのだ。アナはやり遂げることを本気で望んでいた。

　バスルームのキャビネットのところに行って剃刀の刃を探した。が、ひとつも見つからなかった。エドの剃刀も彼女自身の剃刀もまだそこにあったが、どちらにも刃はついておらず、替え刃のはいった小さな箱も見あたらなかった。当然と言えば当然のことだ。そういったものは以前の騒動の際にすべて家の中から撤去されていた。それでも別に問題はなかった。剃刀の替え刃くらい誰でも買える。

　キッチンに引き返し、壁からカレンダーを降ろした。九月二十三日――エドの誕生日――を選んで、日付の欄にr－b《レーザー・ブレード》と書き込んだ。その日は九月九日だったから、準備を整えるまでにはちょうど二週間の猶予があった。やるべきことは山ほどあった——溜まった支払いをすませ、遺言書を書き直し、家をきれいに片づけ、ビリーの四年分の学費を先払いし、子供たちや両親やエドの母親に宛てて手紙を書き、ほかにもあれやこれやしなければならない。

そうした忙しさにもかかわらず、彼女にはその二週間——まるまる十四日間という時間が経つのがあまりに遅すぎるように感じられた。剃刀の刃を使いたくてならず、毎朝逸る思いで残りの日数を数えた。クリスマスまでの日数を数える子供のように。死んだエド・クーパーが行ってしまったところへ——たとえそれが墓の中にすぎなかったとしても——一刻も早く駆けつけたかった。

友人のエリザベス・パオレッティが朝の八時半に彼女を訪ねてきたのは、そういう時期のことだった。キッチンでコーヒーをいれていたアナはベルの音にびくっとし、二度目に長く鳴り響くのを聞いてもう一度びくっとした。

エリザベスは玄関のドアから軽やかな足取りではいってくると、いつものように一気にまくし立てた。「ねえ、アナ、聞いてちょうだい、あなたの手が必要なの！　職場のみんながインフルエンザでダウンしちゃったのよ。来てくれなくちゃ困るの！　反論なんかしないで！　あなたがタイプを打てることは知ってるし、朝から晩までふさぎ込んでる以外になんにもすることがないのも知ってるんだから。とにかく帽子とハンドバッグを持って、今すぐ一緒に出ましょう。早く、ほら、急いで！　とっくにもう遅刻なの！」

アナは言った。「帰ってちょうだい、リズ。わたしのことは放っておいて」

「タクシーを待たせてるのよ」とエリザベスは言った。

「お願いだから」とアナは言った。「無理強いするのはやめて。わたしは行きません」

「駄目よ、来なくちゃ」とリズは言った。「しっかりしなさい。美しき殉教の日々はもう終わったの」

アナは抗いつづけたが、ついに根負けし、ほんの数時間だけエリザベスの手伝いをすることを承諾した。

エリザベス・パオレッティは市《まち》で指折りの養子斡旋所を経営していた。スタッフのうち九人がインフルエンザで倒れてしまい、あとは彼女のほかにふたり残っているだけだった。「あなたはこの仕事に関してはまったくの素人だけど」と彼女はタクシーの中で言った。「とにかくできることをやってくれればいいから……」

職場は大混乱だった。電話の対応だけでも頭がおかしくなりそうだった。アナはブースからブースへと飛びまわり、その都度理解できない伝言を受けた。その上、待合室には青白い顔の無表情な少女たちが坐っていて、彼女たちから聞き取った内容を申請書にタイプするのもアナの役目になった。

「父親の名前は？」

「わかんない」

「全然わからないの？」

「父親の名前とかなんか関係があんの？」

「それはね、父親がわかっていれば、養子に出されるまえにその人の同意が必要になるからよ。あなた自身の同意と同じように」

「だったら、心配要らないよ。父親なんてわかんないから」

「ほんとうに？」

「だから言ったでしょ、もう」

ランチタイムになると、誰かがサンドウィッチを持ってきてくれたが、食べる暇もなかった。その日の夜九時、疲れきって腹をすかせ、新たに知った現実に少なからず衝撃を受けながら、アナはほとんど倒れ込みそうになって帰宅した。そして、強い酒を一杯飲んで、ベーコンエッグをつくって食べると、早々にベッドにはいった。

「明日の朝八時に迎えにいくわ」とエリザベスは言っていた。「お願いだからちゃんと用意しておいてよ」アナは翌朝ちゃんと用意して待っていた。それ以降、その仕事にすっかりのめり込んでいった。

それほど簡単なことだったのだ。

はじめから彼女に必要だったのはハードな仕事と山積みの問題――彼女自身のではなく他人の問題――ただそれだけだった。

仕事は実に大変で精神的にもこたえることが多かったが、アナはその一瞬一瞬にひたすら没頭した。やがて――ここで一気に時間を進めよう――一年半も経つと、彼女はまた人生にそれなりの満足を覚えるようになった。その一方で、夫の姿を鮮明に思い浮かべることが――夫が彼女に会いに階段を駆け上がってきたときの様子や、夕食の席で向かいに坐っていた様子を正確に思い出すことが――次第にむずかしくなってきた。夫がどんな声をしていたかもすぐには思い出せなくなり、写真を見ないかぎり、顔そのものですらはっきりと思い描けなくなった。今でもしょっちゅう夫のことを思い出すことに変わりはなかったが、もはや涙に暮れることはなくなり、それまでの自分の嘆きぶりを思い返すといささか決まり悪く思えるほどにもなった。服装や髪型にも少しずつ興味を取り戻しはじめ、以前のようにまた口紅を塗り、脚のむだ毛を剃るようになった。食事をおいしいと感じられるようにもなって、人から笑顔を向けられればすぐに心からの笑みを返せるようになった。つまり、彼女はまた世間に復帰したのだ。今では生きていることに喜びを感じていた。

アナが仕事でダラスに出張することになったのはまさにそんなときだった。エリザベスの養子斡旋所の活動は通常ニューヨーク州内にかぎられていたが、今回のケースでは、以前この斡旋所を通じて赤ん坊を養子に迎えた夫婦がその後テキサス州に移り住んでおり、それから五ヵ月が経った今になって、妻のほうが手紙を寄越し、養子縁組を解消したいと言ってきたのだ。妻の訴えによると、テキサスに移ってまもなく夫が心臓発作で急死したのだという。彼女自身はほとんどときをおかずに再婚したのだが、その新しい夫が〝実の子ではない赤ちゃんにはどうしても馴染めない〟というのだった。

これは容易ならざる事態であり、また子供自身の幸福の問題とは別に、ありとあらゆる類いの法的義務が関わってくる問題だった。

アナは早朝便でニューヨークを発つと、朝食前にダラスに到着した。ホテルにチェックインしたあと、八時間にわたって今回の件の代理人たちと話し合った。その日できることをすべてやり終えたときには午後四時半になっており、疲労困憊していた。タクシーでホテルに戻り、自室に引き上げ、エリザベスに電話して状況を報告してから、服を脱いで温かい風呂にゆっくりと浸かった。入浴を終えるとタオルにくるまり、ベッドに寝そべって煙草を吸った。

彼女が子供のために尽くした努力は、今日のところは徒労に終わっていた。相手側の弁護士ふたりは馬鹿にしきった態度で接してきた。なんて嫌な連中だろう、とアナは思った。あの尊大さにしても、アナがどれほどがんばったところで自分たちの依頼人にはなんの影響も与えないのだと遠まわしにほのめかすしゃべり方にしても。彼らのひとりは話し合いのあいだじゅうずっと両足をテーブルの上にのせていた。おまけにふたりともたるみきった巨大な腹をしていて、ぶ厚い脂肪の層が液体のようにシャツの中にあふれ、ズボンのベルトの上からでっぷりと垂れ下がっていた。

アナはそれまでも何度となくテキサスを訪れていたが、今回のようにひとりで訪れたことは一度もなかった。いつもエドの出張に付き添ってきたのだった。が、そうした出張旅行のあいだ、ふたりはテキサス人についてよく話し合ったものだ。とりわけ、彼らを好ましく思うことがいかにむずかしいかということについて。粗野で卑俗なところは別に気にすることはない。問題はそういうことではなく、彼らの冷酷無慈悲な性質だ。テキサス人の中にはそういうものがいまだに息づいているようにふたりには思えた。どこまでも残忍で、手厳しく、情け容赦がない、およそ容認できない性質。テキサス人には同情心も憐れみもやさしさもない。彼らのいわゆる美徳はただひとつ——それを彼らはテキサス人以外の者に延々とこれ見よがしに披露する——職業的な善意とでも言うべきものだ。そういうものが彼らの全身にへばりつき、その声にも笑顔にもシロップのようにねっとりとまとわりついている。アナはそういうものに対しても冷ややかだった。どこまでも冷ややかにしかなれなかった。

「どうしてあの人たちはあんなにタフなふりをしたがるの?」と彼女は訊いたものだ。

「子供だからさ」とエドは答えた。「連中はみんなお祖父ちゃんの真似をしたがる危ない子供なんだよ。確かに彼らのお祖父ちゃんは開拓者だった。今の彼らはそうじゃない。問題はそこだよ」

現代のテキサス人はエゴの力で押し合いへし合いしているようにアナには思えた。誰も彼もが人を押しのけ、そして誰もが人に押しのけられている。そんな彼らの中で、テキサス人以外の人間が脇にさがって、「私は押し合いへし合いなんかしたりもされたりもしない」と決然と宣言するというのは悪いことではない。大いにけっこうなことだ。が、そんなことは不可能なのだ。とりわけダラスでは。テキサス州のあらゆる都市の中でも、アナの心を一番ひどく掻き乱すのがダラスだった。なんて罪深い市《まち》なのか、と彼女は思う。なんて強欲で頑なで非情で罪深い市《まち》なんだろうと。ダラスではなにより金を追い求めるあまり、すべてが狂ってしまっている。巨大な黄金の果実の中身が腐っているという事実は、どれほどうわべだけの輝きやまがいものの文化やシロップのような甘いことばで塗り固めても隠せない。

アナはバスタオルにくるまったままベッドに横になった。今回はダラスにひとりきりだ。すばらしい強さと愛で彼女を包み込んでくれたエドはもういない。もしかしたらそのためかもしれない。彼女は突然かすかな不安に襲われはじめた。二本目の煙草に火をつけ、不安が去るのを待った。が、それは一向に消えず、いよいよ増すばかりだった。小さな恐怖のしこりが胃のてっぺんに巣食い、そこから徐々にふくれ上がりはじめた。ひとりきりで家にいる夜、隣の部屋から足音が聞こえたときに――あるいは聞こえたような気がしたときに――感じる類いのなんとも不気味な心地になった。

この部屋には無数の足音がある。アナにはその音が聞こえた。

タオルにくるまったまま、ベッドを降りて窓ぎわまで歩いた。部屋は二十二階にあり、窓は開いていた。巨大都市が夕暮れの光の中でぼんやりと乳白色を帯びて横たわっている。眼下の通りには車がびっしりと連なり、歩道は仕事帰りの人々であふれ、誰もが押し合いへし合いしながら家路を急いでいる。今ここに友達がいてくれたら、とアナは思った。今すぐ話し相手が欲しくてたまらなかった。訪ねていける家があればどんなにいいだろう。家族のいる家――妻と夫と子供たちがいて、部屋にはおもちゃがいっぱいの家。友人夫婦は玄関先で腕を広げて彼女を出迎え、歓声をあげる。「アナ！　来てくれたなんて夢みたい！　こっちにはどれくらいいられるの？　一週間、一ヵ月、それとも一年？」

こういう場面ではよくあることながら、突然、記憶が甦り、アナは思わず声をあげた。「コンラッド・クルーガー！　そうよ！　彼はダラスにいるんだった……少なくとも以前は住んでいた……」

ニューヨークの高校のクラスメートだったコンラッドとは、卒業以来会っていなかった。当時はふたりとも十七歳かそこらで、コンラッドは彼女の恋人であり、婚約者であり、彼女の人生のすべてだった。ふたりは一年あまりの交際のあいだに互いへの永遠の忠誠を誓い合い、近い将来、結婚することを決めていた。そんなとき、彼女の人生に突如としてエド・クーパーが現われたのだ。当然、それがコンラッドとの恋愛に終止符を打つことになった。が、コンラッドはそれほど痛手を負ったようには見えなかった。そのことで彼が粉々に打ち砕かれたはずがない。なにしろそれからひと月かふた月のうちにクラスの別の女の子とすっかりいい仲になったのだから……

その女の子の名前は？

大柄で胸の大きな美人だった。燃えるような赤い髪に、古めかしい変てこな名前。なんていったっけ？　アラベラ？　いや、ちがう。アラベラではない。でも、アラなんとかだ。アラミンティ？　そう！　アラミンティ！　いい仲になっただけではない。それから一年経つか経たないかのうちにコンラッド・クルーガーはアラミンティと結婚して、生まれ故郷のダラスに彼女を連れて帰ったのだ。

アナはベッド脇のテーブルに歩み寄ると、電話帳を取り上げた。

〝クルーガー、コンラッド・P　医師〟

これがコンラッドにちがいない。彼はいつも将来医者になるのだと言っていた。電話帳にはオフィスの番号と自宅の番号が載っていた。

彼に電話してみようか？

いけない理由がどこにある？

彼女は腕時計を見た。五時二十分。受話器を上げ、彼のオフィスの番号を告げた。

「クルーガー医院です」と女性の声が返ってきた。

「もしもし」とアナは言った。「ドクター・クルーガーはいらっしゃいますか？」

「先生は只今手が離せません。お名前を伺えますか？」

「アナ・グリーンウッドから電話があったとお伝えください」

「もう一度お名前を」

「アナ・グリーンウッド」

「かしこまりました、ミス・グリーンウッド。予約をご希望ですか？」

「いいえ、けっこうです」

「ほかに何かお伝えすることは？」

アナはホテルの名前を告げ、ドクター・クルーガーに伝えてもらうよう頼んだ。

「お伝えしておきます」とその女性秘書は言った。「それでは失礼します、ミス・グリーンウッド」

「どうもありがとう」アナは受話器を置いて思った。これほどの年月が経った今でも、ドクター・コンラッド・P・クルーガーはわたしの名前を覚えているだろうか。きっと覚えているはずだ。またベッドに仰向けになると、コンラッドの容姿を思い出そうと記憶をたどった。とてもとてもハンサムだった。それが彼だった。すらりと背が高く……大きな広い肩をしていて……ほとんど漆黒に近い黒髪で……そして完璧に整った顔……そう、まるでペルセウスやオデュッセウスといったギリシア神話の英雄のように、くっきりとした彫りの深い顔だちをしていた。しかし、なによりとてもやさしい若者だった。品行方正で、真面目で、もの静かな心やさしい若者。彼がキスをしてくることがあるとすれば、別れぎわのさよならのキスだけだった。ほかのみんなとはちがって、決してネッキングに及ぼうとしなかった。土曜日の夜に映画を見たあと家まで送ってくれるときには、いつも古いビュイックをアナの家のまえに停め、彼女の隣で運転席に坐ったまま、ただひたすら将来について——自分と彼女の将来、そしていずれダラスに帰って有名な医者になるという夢について——語りつづけるのだった。彼がネッキングやそれにともなうあらゆる愚行を拒んでいることに、彼女は大いに感心し、だからよく言ったものだった、彼はわたしをリスペクトしてるのよ、ほんとうにわたしを愛してくれてるのよ、と。それはおそらくそのとおりだったのだろう。あらゆる意味において、彼はやさしくて素敵な男性だった。もしもエド・クーパーが最高にやさしくて最高に素敵な男性でなかったら、彼女はコンラッド・クルーガーと結婚していただろう。それはまちがいなかった。

電話が鳴った。アナは受話器を取って言った。「はい、もしもし」

「アナ・グリーンウッド？」

「コンラッド・クルーガーね！」

「やあ、アナ！　びっくりしたよ、こんなことってあるんだねえ。いったい何年ぶりだろう？」

「ほんと、久しぶりよね」

「一生ぶりくらいだ。きみの声はちっとも変わってないけど」

「あなたもよ」

「いったいどうしてこの市《まち》に？　しばらくこっちにいるの？」

「いいえ、明日には帰らなくちゃならないの。電話しないほうがよかったかしら」

「そんなわけないだろう、アナ。嬉しいよ。元気でやってる？」

「ええ、元気よ。元気になったわ。エドが亡くなってからしばらくは辛かったけど……」

「なんだって！」

「二年半前に自動車事故で亡くなったの」

「なんてことだ、アナ、気の毒に。そんなことがあったなんて。その……なんて言ったらいいか……」

「何も言わないで」

「もう立ち直ったの？」

「ええ、もう平気。馬車馬みたいに働いてるわ」

「それはよかった……」

「そっちは……アラミンティは元気？」

「ああ、元気だよ」

「お子さんはいるの？」

「ひとりいる」と彼は言った。「男の子だ。きみのほうは？」

「こっちは三人。女ふたりに男ひとり」

「それはそれは。驚いたな！　それはそうとちょっといいかな、アナ……」

「何かしら」

「今からそっちのホテルに行って一杯おごらせてくれないか？　ぜひそうさせてほしい。賭けてもいいけど、きみは昔とまったく変わってないはずだ」

「わたし、老けたわよ、コンラッド」

「それは嘘だね」

「気持ちだって老け込んでる」

「いい医者を紹介しようか？」

「そうね。いいえ、けっこうよ。決まってるじゃない。お医者さまはもうたくさん。わたしに必要なのはただ……そう……」

「なんだい？」

「ここにいると落ち着かないのよ、コンラッド。友達がいてくれなくちゃ。わたしに必要なのはそれだけ」

「それならここにいるじゃないか。あとひとりだけ診察したら今日はもう終わる。ホテルのバーで落ち合おう。なんていったかな、忘れてしまったけど、そこに六時に。あと三十分くらいだけど。それでいい？」

「ええ」とアナは言った。「もちろんよ。それじゃ……ありがとう、コンラッド」彼女は受話器を置くと、ベッドから起きて身支度を始めた。

心地よくどきどきしていた。エドが亡くなって以来、男性とふたりきりで外で飲むのはこれが初めてだった。ドクター・ジェイコブスに報告すればきっと喜ぶだろう。飛び上がって祝福してくれることはなくても喜ぶのはまちがいない。そして、きっとこう言うだろう、これが正しい方向への第一歩なのだと。これが始まりなのだと。彼女は今も定期的に診察を受けていたが、以前に比べてすっかり調子がよくなった今、遠まわしだった彼の物言いは以前よりずっと露骨になり、一度ならずこんなことさえ言っていた――実際のところ、あなたが肉体的にもエドの〝かわり〟を務める相手を見つけないかぎり、抑鬱症状と自殺傾向が完全になくなることはないだろう、とさえ。

「でも、正気を失うほど愛した相手のかわりを見つけるなんて不可能です」前回彼がその話を持ち出したとき、アナはそう言っていた。「いいですか、先生、先月、ミセス・クラムリン－ブラウンのインコが死んだんですけど――インコですよ、ご主人じゃなくて――彼女ったらそれはもうひどい嘆きようで、一生ほかの鳥は飼わないと言ったんですよ！」

「ミセス・クーパー」とドクター・ジェイコブスは言った。「普通は誰もインコとは性交しません」

「それは……そうだけど……」

「だからインコのかわりは必要ないんです。けれどもご主人が亡くなったとき、残された奥さんが女性としてまだ充分に活発で健康である場合、可能でさえあれば必ず三年以内にかわりの存在を見つけることになります。逆の場合も同じです」

セックス。ああいう類いの医者はそういうことしか頭にないのだ。きっと脳味噌がセックス漬けなのだろう。

アナが支度を終えてエレヴェーターで階下《した》に降りたときには六時十分になっていた。バーに足を踏み入れるなり、テーブルについていた男性が立ち上がった。コンラッドだった。ドアのほうをずっと見ていたのにちがいない。彼はフロアを横切って彼女のほうへやってきた。ぎこちない笑みを浮かべながら。アナも微笑んでいた。こういう場合、誰もがそうするように。

「これはこれは」と彼は言った。「これはこれはこれは。驚いた」こういう場合、誰もがするような頰への軽いキスを予期して、彼女は微笑んだまま彼のほうに顔を上向けた。が、コンラッドがいかに形式ばった人間だったか、そこで思い出した。彼はただアナの手を取って軽く握っただけだった――それも一度きり。「いやはや、ほんとうに驚いたよ」と彼は言った。「とりあえず坐ろう」

どこにでもあるようなホテルのバーだった。室内の照明は薄暗く、小さなテーブルがいくつもフロアに並んでいた。ピーナッツを盛った小皿が各テーブルに置かれ、革張りのベンチシートがまわりの壁沿いに配され、ウェイターはみな白いジャケットに栗色のズボンという恰好をしていた。コンラッドは隅のテーブルに彼女を促し、ふたりは向かい合って坐った。すぐにウェイターがやってきた。

「何を飲む?」とコンラッドが尋ねた。

「マティーニをいただけるかしら」

「もちろん。ウォッカで?」

「いいえ、ジンでお願い」

「ジン・マティーニをひとつ」と彼はウェイターに言った。「いや、ふたつにしてもらおう。覚えてると思うけど、アナ、ぼくはそんなに飲むほうじゃない。でも、今日はちゃんとお祝いしないわけにはいかない」

ウェイターが去ると、コンラッドは椅子の背にもたれ、彼女をとくと眺めて言った。

「きみはほとんど変わってないね」

「あなたもほとんど変わってないわよ、コンラッド」と彼女は言った。実際、そのとおりだった。二十五年も経っているのに驚くほど変わっていなかった。昔のままにすらりとしてハンサムで――むしろ昔以上と言ってもいいくらいだ。黒髪は今も変わらず黒々としており、眼は澄みきっていて、どこから見てもせいぜい三十歳くらいにしか見えなかった。

「きみはぼくより年上だったよね？」と彼は言った。

「それってどういう質問なの？」と彼女は笑いながら言った。「そうよ、コンラッド、わたしはあなたのちょうどひとつ上。四十二歳」

「やっぱりそうだったか」彼はまだ注意深く観察を続けていた。彼女の顔から首へ、首から肩へと隈なく視線を走らせていた。アナは顔が赤くなるのを感じた。

「それであなたは大成功したお医者さまなの？」と彼女は訊いた。「市《まち》で一番の？」

すると、彼は肩に耳がくっつきそうになるほど首を傾げてみせた。アナが昔から好きだった仕種だ。「成功？」と彼は言った。「最近は大都市にいればどんな医者でも成功できる――経済的にはね。だけどそのことと、ぼくがこの仕事において一流かどうかというのはまた別の問題だ。まあ、そうであってくれればいいけど。これはもう祈るしかないな」

飲みものが運ばれてきた。コンラッドはグラスを持ち上げて言った。「ダラスへようこそ、アナ。きみが電話してきてくれてほんとうによかった。再会できて嬉しいよ」

「わたしもあなたに会えて嬉しいわ、コンラッド」と彼女は言った。率直な気持ちだった。

コンラッドは彼女のグラスに眼をやった。一口飲んだだけでグラスはもう半分空《から》になっていた。「ウォッカよりジンが好きなの？」と彼は尋ねた。

「ええ」と彼女は言った。「そうね」

「ジンはやめてウォッカに変えるべきだ」

「どうして？」

「ジンは女性の体によくない」

「そうなの？」

「ひどい害を及ぼす」

「体に悪いのは男性にとっても同じでしょうが」と彼女は言った。

「それがちがうんだ。男性への影響は女性ほどひどくはない」

「どうして女性には悪いの？」

「とにかく悪いんだ」と彼は言った。「体の構造がちがうからね。きみはどんな仕事をしてるの、アナ？　はるばるダラスまでやってきたのはなぜ？　きみの話を聞かせてほしい」

「どうしてジンは女性の体に悪いの？」彼女はそう言うと、にっこりと微笑んでみせた。彼も微笑んで、やれやれと言わんばかりに首を振った。が、答えようとはしなかった。

「どうぞ続けて」と彼女は言った。

「いや、その話はやめよう」

「そうやってうやむやにされたままじゃ納得できないわ」と彼女は言った。「そんなのってずるい」

一瞬間を置いてから彼は言った。「それじゃ、ほんとうに知りたいなら言うけど、ジンにはジュニパーベリー（西洋ネズの実）から抽出した精油が含まれている。香りづけのためにね」

「それがどんな影響を及ぼすの？」

「すごい影響だよ」

「ええ、だからどんな？」

「ひどいことばかりだ」

「コンラッド、はっきり言ってちょうだい。わたしはもういい歳をした大人なのよ」

やっぱり昔のままのコンラッドだわ、と彼女は思った。相も変わらず遠慮がちで慎重で恥ずかしがり屋。もっとも、彼女は彼のそんなところが好きだったのだが。「この飲みものがほんとうにわたしにひどい害を及ぼすんだったとしたら」と彼女は言った。「それがどんな害なのか教えてくれないあなたは不親切ということになる」

彼は右手の親指と人差し指でそっと左の耳たぶをつまんでから言った。「つまり、こういうことだ、アナ。ジュニパー油は子宮に炎症を惹き起こす直接作用があるんだ」

「嘘でしょ！」

「嘘じゃない」

「〝母の堕落《マザーズ・ルイン》〟（ジンのイギリスでの俗称）」とアナは言った。「くだらない迷信だわ」

「残念ながらほんとうだ」

「でも、それは妊娠してる女性の場合でしょ？」

「どんな女性の場合でもだよ、アナ」彼はもはやにこりともせず、きわめて真剣な表情で話していた。彼女の健康をほんとうに心配しているようだった。

「あなたの専門は？」と彼女は尋ねた。「どの分野のお医者さまなのか、まだ教えてもらってなかったわね」

「産婦人科だ」

「あら、そういうこと！」

「もう何年もずっとジンを飲んでる？」と彼は尋ねた。

「そうね、二十年くらい」とアナは言った。

「たくさん？」

「ねえ、コンラッド、いい加減わたしの体のことを心配するのはやめて。もう一杯マティーニをいただけるかしら」

「もちろん」

彼はウェイターを呼んで言った。「ウォッカ・マティーニをひとつ」

「駄目よ」とアナは言った。「ジンでお願い」

彼はため息をついて首を振った。「近頃は誰も医者の忠告を聞こうとしない」

「あなたはわたしのお医者さまじゃない」

「そのとおりだ」と彼は言った。「ぼくはきみの友達だ」

「あなたの奥さんの話をしましょう」とアナは言った。「相変わらずおきれいなの？」

彼はしばらく間を置いてから言った。「実は離婚したんだ」

「ほんとに?!」

「ぼくたちの結婚生活は二年で終わった。二年もたせるだけでも大変だった」

どういうわけか、アナはひどくショックを受けていた。「でも、あんなにきれいな人だったのに」と彼女は言った。「何があったの？」

「何もかもさ。考えうるかぎりありとあらゆるひどいことが続いた」

「それで、お子さんは？」

「妻が引き取った。ご多分に洩れず」苦々しい口調になっていた。「彼女は息子をニューヨークに連れて帰った。毎年夏に一度だけ会いにくる。もう二十歳だよ。プリンストンにかよってる」

「素敵な息子さん？」

「すばらしい息子だ」とコンラッドは言った。「でも、ぼくは彼のことをろくに知らない。それって愉しいことじゃない」

「再婚はしなかったの？」

「ああ、一度も。ぼくの話はもうたくさんだ。きみの話をしよう」

彼は少しずつアナから話を聞き出した――彼女の健康状態について、そしてエドを亡くしてからの辛かった時期について。彼には話してもかまわないと思い、アナは何があったかほとんど洗いざらい打ち明けた。

「でも、どうしてその医者はきみが全快してないなんて思うんだろう？」と彼は言った。

「自殺傾向があるようには見えないけど」

「わたしも自殺傾向があるわけじゃないと思う。ただ時々——しょっちゅうじゃなくて、ほんのごくたまにだけど——気持ちが落ち込んだときには、ちょっとその気になれば簡単に一線を越えられるような気がしてしまうのは確かね」

「どんなふうに？」

「ふらふらとバスルームのキャビネットに行きかけたりする」

「バスルームのキャビネットには何があるんだね？」

「大したものじゃないわ。女性が脚の毛を剃るのに使う普通のものよ」

「なるほど」コンラッドはしばらくじっと彼女の顔を見つめてから言った。「ぼくに電話をくれたときもそんなふうに感じてたの？」

「そういうわけじゃないけど、エドのことをずっと考えていたの。そういうときってちょっと危うい気がするのよ」

「きみが電話してくれてよかったよ」

「ええ、ほんとうに」と彼女は言った。

アナは二杯目のマティーニも飲みおえようとしていた。コンラッドは話題を変え、彼自身の仕事の話を始めた。彼女はもっぱら彼を見つめてばかりいて、話の内容はほとんど聞いていなかった。彼があまりにもハンサムなので、見つめずにはいられなかったのだ。彼女は煙草を一本口にくわえると、コンラッドにパッケージを差し出した。

「ぼくはいい」と彼は言った。「吸わないんだ」テーブルから紙マッチを取り上げて彼女に火を差し出すと、マッチの火を吹き消して言った。「その煙草はメンソール入り？」

「ええ、そうよ」

彼女は深々と煙草を吸い、ゆっくりと煙を宙に吐いて言った。「さあ、どうぞ言ってちょうだい、これでわたしの生殖器系は根こそぎしなびて駄目になるって」

彼は笑って首を振った。

「じゃあ、どうして訊いたの？」

「単なる好奇心だよ」

「嘘よ、あなたの顔に書いてあるわ。ヘヴィースモーカーの肺ガン発症率を教えてくれようとしたんでしょう」

「肺ガンはメンソールとはなんの関係もないよ、アナ」彼はそう言って微笑むと、ほとんど口をつけていなかった一杯目のマティーニを申しわけ程度にすすった。そして、グラスをそっとテーブルに戻すと続けた。「きみがどんな仕事をしているのかまだ教えてもらってなかったね。どうしてダラスに来たのかも」

「さきにメンソールのことを教えてちょうだい。ジュニパーベリーの汁の半分でも体に悪いなら、今すぐ知っておく必要があるもの」

彼は笑って首を振った。

「ねえ、お願い！」

「いいえ、奥さま」

「コンラッド、そうやって自分で持ち出しておいて途中でやめるなんて卑怯だわ。この五分間でもう二度目よ」

「医学のうんちくできみを退屈させたくないんだ」と彼は言った。

「退屈なんかじゃないわ、とっても面白いじゃないの。ねえ、早く教えてちょうだい！意地悪しないで」

アナにしてみれば、マティーニをたっぷり二杯飲んでほどよく高揚し、この優美でもの静かで気持ちのいい男性とのおしゃべりを愉しむというのは、実に気分のいいことだった。彼はわざと隠し立てしているのではない。それどころか、いつもどおり実直であろうとしているのだ。

「知ったらショックを受けるようなことなの？」と彼女は尋ねた。

「いいや。そういうわけじゃない」

「じゃあ、教えてちょうだい」

彼はアナのまえに置かれた煙草のパッケージを取り上げると、ラベルをじっくり読んで言った。「要するにこういうことだ。体内に吸い込まれたメンソールは血液の中に吸収される。それがよくないんだよ、アナ。体に大きな害がある。中枢神経系にある種の決定的な影響を及ぼすんだ。それでも、医者はそれを時々処方するけど」

「知ってるわ」と彼女は言った。「点鼻薬とか吸入剤とかでしょう」

「そういう使われ方はあまり問題にならない。それ以外にどんなふうに使われてるか知ってる？」

「風邪をひいたときに胸に塗るとか」

「別に塗ってもいいけど、なんの効果もない」

「軟膏に混ぜて唇のひび割れを治すとか」

「それは樟脳だろう」

「そうだった」

彼はアナがほかに何か考えつくのを待った。

「いいからもう教えてちょうだい」と彼女は言った。

「ちょっとびっくりするかもしれない」

「覚悟はできてるから」

「メンソールは」とコンラッドは言った。「抗催淫剤として知られてるんだ」

「抗なんですって？」

「性欲を抑える薬だ」

「コンラッド、あなた、つくり話をしてるんでしょ？」

「誓ってつくり話なんかじゃない」

「そんな薬を使う人がいるの？」

「最近ではほとんどいない。風味が強すぎるから。硝酸カリウムのほうがずっといい」

「ああ、そういえば。硝酸カリウムのことは知ってるわ」

「硝酸カリウムの何を知ってる？」

「囚人に与えるのよ」とアナは言った。「毎朝コーンフレークに振りかけて、囚人たちをおとなしくさせるの」

「煙草にもはいってるんだよ」とコンラッドは言った。

「囚人用の煙草にってこと？」

「あらゆる煙草にだ」

「そんな馬鹿なことあるはずないわ」

「そうかな?」

「あたりまえじゃないの」

「どうしてそう言いきれる?」

「そんなものを受け入れる人なんかいるわけないでしょうが」と彼女は言った。

「でも、ガンは受け入れてる」

「それとこれとは話が別よ、コンラッド。どうして煙草に硝酸カリウムがはいってるってわかるの?」

「煙草を灰皿に置いても燃えつづけるのはなぜなのか、不思議に思ったことはないかな? 煙草の葉はそれ自体では燃えないいんだ。パイプ喫煙者なら誰でも知ってることだよ」

「特殊な化学物質を使ってるってことね」と彼女は言った。

「そのとおり。それが硝酸カリウムだ」

「硝酸カリウムって燃えるの?」

「もちろん燃えるとも。昔は火薬の主原料として使われていたくらいだ。導火線にも使われていた。すばらしい導火線ができる。きみのその煙草だって、第一級の緩燃導火線だよ」

アナは自分の煙草に眼をやった。しばらく吸っていないにもかかわらず燻りつづけていて、先端から細い青灰色の煙が渦を巻いて立ち昇っていた。

「つまり、これにはメンソールと硝酸カリウムが両方はいってるってこと？」と彼女は言った。

「まさにそのとおり」

「しかもその両方とも抗催淫剤？」

「そう。つまりきみは二倍量を服用してるということだ」

「馬鹿げてるわ、コンラッド。これくらいの量じゃなんともないはずよ」

彼は微笑んだだけでそれには答えなかった。

「これくらいじゃゴキブリの性欲だって抑えられやしない」と彼女は言った。

「それはきみがそう思ってるだけだよ、アナ。一日何本吸ってる？」

「三十本くらいかしら」

「そうか」と彼は言った。「ぼくが口出しすることじゃないけれど」そこでいったんことばを切ってからつけ加えた。「でも、もしそうじゃなければ、きみとぼくは今頃もっと幸せになれてたんじゃないかな」

「そうじゃなければ？」

「ぼくに口出しする権利があれば」

「コンラッド、それってどういう意味？」

「きみが昔、突然ぼくを振ったりしなければ、ふたりともこんなみじめな思いをすることはなかった。ぼくたちは結婚して、今でも幸せな家庭生活を送っていた」

彼の表情はいつのまにか奇妙な険しさを帯びていた。

「あなたを振った？」

「ショックだったよ、アナ」

「ああ、なんてこと」と彼女は言った。「でも、あの年頃って、みんな振ったり振られたりするものじゃない？　でしょ？」

「さあ、どうなんだろうね」とコンラッドは言った。

「まさかそのことでまだ怒ってるわけじゃないわよね？」

「怒ってるだって！」と彼は言った。「勘弁してくれよ、アナ！　怒るなどというのはおもちゃを取り上げられた子供のすることだ！　ぼくは妻を失ったんだぞ！」

アナは呆然として彼を見つめた。

「教えてくれ」と彼は続けた。「あのときぼくがどんな気持ちだったか、きみは考えたこともないのか？」

「でも、コンラッド、わたしたちは若すぎたのよ」

「ぼくはとことん打ちのめされた。立ち直れないほど打ちのめされたんだよ、アナ」

「でも、どうして……」

「どうして？」

「それほどのことだったんだとしたら、どうして何もなかったような顔で、ほんの数週間後にほかの人と婚約なんてできたの？」

「反動ということばを聞いたことはないかな？」と彼は尋ねた。

彼女はうなずき、うろたえて彼を見つめた。

「ぼくはそれこそ気も狂いそうなほどきみに夢中だったんだよ、アナ」

彼女は何も言わなかった。

「ごめん」と彼は言った。「つい感情的になってぶちまけてしまった。赦してほしい」

長い沈黙ができた。

コンラッドは椅子の背にもたれ、少し距離を置いて彼女を見つめていた。彼女は煙草のパッケージからもう一本取り出して火をつけた。そしてマッチの火を吹き消し、灰皿にそっと置いた。顔を上げたときも彼はまだ彼女を見つめていた。ひたむきな、それでいてどこか遠くを見るような眼ざしだった。

「何を考えてるの？」と彼女は尋ねた。

彼は答えなかった。

「コンラッド」と彼女は言った。「わたしがしたことでまだわたしを恨んでる？」

「恨む？」

「ええ、そうよ。どういうわけかそんな気がする。こんなに時間が経った今でもあなたはまだわたしを恨んでるって」

「アナ」と彼は言った。

「なに、コンラッド？」

彼は椅子をテーブルのほうに引き寄せ、身を乗り出して言った。「きみは一瞬でも思ったりしなかったかな……」

彼はそこでことばを止めた。

彼女は続きを待った。

彼が突然あまりにも真剣に見つめてきたので、彼女自身も思わず身を乗り出して尋ねた。

「一瞬でも思ったって、何を？」

「つまり、きみとぼくが……ぼくたちふたりにはともに……やり残したことがあるって」

彼女はじっと彼を見つめた。

彼は星のように輝くふたつの眼で彼女を見つめ返して言った。「そんなにぎょっとしないでくれよ」

「ぎょっとする？」

「まるでぼくが一緒に窓から飛び降りてくれとでも頼んだみたいじゃないか」

バーにはいつしか人があふれ、あたりはかなりうるさくなっていた。まるでカクテルパーティの会場さながら、声を張り上げなければ話もできないほどだった。

コンラッドは待ちきれないといった様子で一心に彼女を見つめていた。

「マティーニをもう一杯いただくわ」と彼女は言った。

「どうしても？」

「ええ」と彼女は言った。「どうしても」

彼女がこれまでの人生で愛を交わしたことのある男性はただひとり――夫のエドだけだった。

そして、それは常にすばらしかった。

三千回くらい？

もっとだ、と彼女は思った。おそらくそれよりはるかに多い。誰がそんな数を数える？　とはいえ、あくまで理論上、その正確な回数（何回にしろ、正確な数字はあるはずだ）を三千六百八十回と仮定した場合……

……そしてその一回一回が同じ男女のあいだで純粋かつ情熱的におこなわれる、まぎれもなく本物の愛の営みだった場合……

……そこへまったく新しい、愛されてもいないよそ者がいきなりやってきて、三千六百八十一回目の行為を望んだところで、半分でも受け入れられるものだろうか？　受け入れたとして、その男はただの侵入者にしかなりえない。

その結果、あらゆる思い出が怒濤のように甦るだろう。彼女はそう思った。自分はそこに横たわったままその思い出に埋もれて窒息してしまうだろう。

数ヵ月前のある日の診察中のことだ。彼女はまさにこの点を持ち出してドクター・ジェイコブスに反論した。すると老医師は言った。「過去の記憶のことなど考えるのはおよしなさい、ミセス・クーパー。忘れてしまったほうがいい。現在のことだけを考えるのです」

「でも、どうすればそんなふうになれるんです？」と彼女は言った。「どうして急にそんな気持ちになれるんです？　知り合ったばかりの男性と寝室に行って、その男性の眼のまえで平然と服を脱ぐなんて……」

「平然とですって！」と医師は叫んだ。「とんでもない、そのときには情熱で燃えたぎってますよ！」そのあとこうも言った。「とにかく私の言うことを信じることです、ミセス・クーパー。二十年以上にわたって繰り返し性交をおこなっていた女性がその習慣を奪われると——私がまちがっていなければ、それもあなたの場合は並はずれて頻繁におこなっていたわけですが——どんな女性でもそうした状況に陥れば、またその習慣を取り戻さないかぎり、深刻な精神的混乱に悩まされつづけることになるんです。あなたはまえよりずっと元気になった。それはわかります。しかし、私はこれを自分の義務としてお伝えしなければなりません。あなたは決して正常に戻ったとは言えないのです……」

アナはコンラッドに向かって言った。「これって治療の一環なんかじゃないわよね？」

「なんだって？」

「治療の一環」

「それはいったいどういう意味？」

「だって、これってわたしの担当医のドクター・ジェイコブスの企みそのものなんだもの」

「いいかい」彼はテーブル越しに身を寄せ、指先で彼女の左手に触れて言った。「昔きみとつきあっていた頃のぼくは、あまりに幼くて臆病すぎて、そういうことを心の中では望んでいても、とてもじゃないが、言い出せなかった。それに、どのみちそんなに急ぐ必要があるとも思ってなかった。ふたりのまえには長い人生が待っていると思っていた。まさかきみに振られることになるなんて思いもよらなかったから」

マティーニが運ばれてきた。アナはグラスを手に取ると、勢いよく飲みはじめた。そうすればどうなるかは承知の上だった。ふわふわと漂いはじめるのだ。三杯目には必ずそうなる。三杯目のマティーニを飲めば、彼女の体はたちまち重力を失って、まるで水素ガスのようにふわふわと部屋のあちこちを漂う。

アナはまるでそれが神聖なものだとでも言うかのように両手でグラスを捧げ持って、もう一度呷った。中身はもうほとんど残っていなかった。傾けたグラスのふち越しに、コンラッドが非難がましく彼女を見ているのが眼にはいった。アナは艶然と微笑んでみせた。

「手術するとき、麻酔をかけることには反対じゃないでしょ？」と彼女は言った。

「アナ、頼むからそんな言い方はしないでくれ」

「わたし、ふわふわしてきたわ」と彼女は言った。

「そのようだね」と彼は言った。「もうそのへんでやめたら？」

「なんですって？」

「もうやめたらどうだって言ったんだよ」

「どうしてやめないか教えてあげましょうか？」

「いや、けっこうだ」と彼は言った。そして、彼女からグラスを取り上げようとするかのように両手を伸ばしかけた。彼女はすばやくグラスを唇にあててぐいと傾け、そのまま最後の一滴まで咽喉に流し込んだ。コンラッドを見やると、彼は十ドル札をウェイターのトレイに置いているところだった。ウェイターが礼を言っていた。「これはこれはお客さま、まことにありがとうございます」次に気づいたときには、バーから漂い出てホテルのロビーを横切り、コンラッドに肘を支えられながらエレヴェーターに向かっていた。二十二階まで上がると、廊下を進んで自分の部屋のまえにたどり着いた。ハンドバッグを探って鍵を取り出し、ドアを開けてもまだ漂いながら部屋にはいった。コンラッドがあとからはいってドアを閉めた。と思うまもなく、彼はアナを捕まえ、その大きな両腕に抱きすくめ、激しい熱情を込めたキスを浴びせはじめた。

アナは彼のなすがままに任せた。

彼はアナの口と言わず頬と言わず首と言わず、そこらじゅうにキスをしては、合い間に深呼吸を繰り返した。彼女は眼を開けたまま、不思議とどこか冷静に彼を眺めていた。そうして眼に映る彼の様子はどことなく、間近にぼんやりと迫った歯科医の顔――上の奥歯をのぞき込んで治療している歯科医の顔を思い出させた。

そこでいきなりコンラッドが彼女の耳の中に舌を入れてきた。この効果は電撃的だった。まるでコンセントに二百ボルトの電流が流れるプラグが差し込まれたかのように、一気に体じゅうに火がつき、全身の骨が溶けだし、熱く溶解した血液が手足に流れ込み、彼女はわれを忘れるほどの激しい興奮状態に陥った――かつてエドの手がそこここに触れるだけで何度となく陥ったような、すばらしく淫らで、向こう見ずで、燃え立つような狂おしいまでの興奮を覚えた。彼女はコンラッドの首にしがみつき、彼のキスにその何倍もの熱情を込めて応えはじめた。彼のほうは最初のうち、まるで生きたまま彼女に丸呑みにされるのではないかとでも思っているかのようだったが、すぐにまた勢いを取り戻した。

どれくらいそこに立ったまま激しい抱擁とキスを交わしていたのか、アナには見当もつかなかった。かなり長い時間だったにちがいない。彼女は大きな喜びに包まれ、そしてついにまた自信を取り戻した。突然抑えきれないほどの自信が体じゅうに満ちあふれ、すぐにも服を脱ぎ捨て、部屋の真ん中で扇情的に踊ってみせたくなった。もちろんそんな馬鹿げたことはしなかったが。ただふわりと身をひるがえしてベッドの端に坐ると、まずは息を整えた。コンラッドもすぐに彼女の横に坐った。アナは彼の胸に頭をもたせかけ、やさしく髪を撫でられるあいだずっと、じっと坐ったまま全身を火照らせていた。それから彼のシャツのボタンをひとつはずすと、中に手をすべり込ませて彼の胸にそっと置いた。肋骨の下で心臓が高鳴っているのがわかった。

「ここに見えるのは何かな?」とコンラッドが言った。

「どこに何が見えるの、ダーリン?」

「きみの頭皮だよ。きみもこれを見るべきだ、アナ」

「かわりにあなたが見てちょうだい」

「真面目な話」と彼は言った。「これが何に見えるかわかるかい? これはごく軽度の男性型脱毛症のようだ」

「よかった」

「いいや、よくない。毛包が炎症を起こしているということだよ。そのうち禿げる原因になる。更年期の女性が発症することが多いんだ」

「コンラッドったら、やめてちょうだい」アナは彼の首すじにキスをして言った。「わたしとしては自慢の髪なのよ」

アナは体を起こして彼のジャケットを脱がせた。次にネクタイをほどくと、部屋の反対側に放り投げて言った。

「ドレスの背中に小さいホックがあるの。はずしてちょうだい」

コンラッドは言われたとおりホックをはずすと、ファスナーを下ろして彼女がドレスを脱ぐのを手伝った。アナは魅力的な淡いブルーのスリップを身につけていた。コンラッドは医者らしいありふれた白いシャツを着ていたが、ボタンをはずして首元が開いた今の恰好がよく似合っていた。彼の首の両側にはすじばった筋肉が垂直に走っていて、彼が顔の向きを変えるたびに、わずかに隆起したその筋肉が皮膚の下で動いた。アナはこれほどまでに美しい首を見たことがなかった。

「ゆっくり、じっくり、時間をかけてやりましょう」と彼女は言った。「期待で頭がおかしくなるくらいゆっくりじっくり」

彼は一瞬アナの顔を見つめてから視線を移し、全身を上から下まで舐めるように見て笑みを浮かべた。

「思いきり気取って贅沢をして、シャンパンのボトルでも頼みましょうか、コンラッド？ ルームサーヴィスに頼んで持ってきてもらうわ。あなたはバスルームに隠れていればいい」

「いや」と彼は言った。「あれだけ飲めばもう充分だ。さあ、立って」

有無を言わさぬ口調だった。彼女は立ち上がった。

「こっちにおいで」

アナは彼のそばに寄った。彼はベッドに坐ったまま、立ち上がることなく腕を伸ばすと、彼女が身につけている残りのものを脱がせはじめた。ゆっくりと、時間をかけて、慎重に。彼の顔はいつのまにかずいぶんと青ざめていた。

「まあ、ダーリン」と彼女は言った。「なんて素敵なの！　あなた、すばらしいものを持ってるのね！　どっちの耳からもふさふさした毛が生えてる！　それがどういう意味か知ってるわよね？　それって精力旺盛であることの正真正銘の証しよ！」彼女は屈み込んで彼の耳にキスをした。彼は次々と彼女の服——ブラジャー、靴、ガードル、ショーツ、それに最後にストッキング——を脱がせ、床の上に無造作に積み重ねた。そして、最後のストッキングを剝ぎ取って床に落とすと同時に顔をそむけた。まるでそこに彼女が存在しないかのようにあっさりと背を向け、今度は自分の服を脱ぎはじめた。

相手の眼のまえで一糸まとわぬ姿で立っているというのに、見向きもされないというのは彼女には妙なことに思えた。しかし、男性にとってはそれが普通のことなのかもしれない。エドが特別だったのかもしれない。そんなことどうしてわかる？　コンラッドはまず白いシャツを脱いで丁寧に折りたたむと、立ち上がって椅子のところへ行き、片方の肘掛けの上にそっと置いた。アンダーシャツも同じようにした。それからまたベッドの端に腰を下ろすと、靴を脱ぎはじめた。アナはその場に突っ立ったまま彼を見つめた。さきほどからがらりと変わった彼の態度、その沈黙、その不思議なほど張りつめた様子にわずかな恐怖を覚えていた。が、同時に興奮もしていた。彼の動きは忍びやかで、ほとんど脅威に近いものを感じさせた。まるで獲物にそっと忍び寄るしなやかな獣――ヒョウか何かのような。

そんな彼の動きにアナは次第に魅了されていった。彼の指――手術をおこなう執刀医の指――が左の靴のひもをほどいてゆるめ、靴を脱がせ、ベッドの下にきちんと半分押し込むのをじっと見つめた。その次は右の靴だった。続いて左の靴下と右の靴下が一緒にたたまれ、几帳面に靴の先端部分の上に置かれた。そして、ようやく指がズボンの上のほうに移動してボタンをはずし、ファスナーを下ろしはじめた。脱いだズボンは折り目に沿ってたたまれ、椅子の上に運ばれた。下着がそのあとに続いた。

裸になったコンラッドはゆっくりとベッドの端に戻り、腰を下ろした。そうしてついに顔を向けて彼女を見た。アナは立ったままじっと待っていた……震えながら。彼はそんな彼女の全身をとくと上から下まで眺めまわした。そこで不意に片手をさっと伸ばすと、彼女の手首をつかみ、強い力で彼女を引きずり込んでベッドの上に組み伏せた。

アナが覚えた安堵は途方もなかった。彼に両腕を巻きつけ、ぎゅっと強くしがみついた。彼がどこにも行かないように、渾身の力を込めて。彼がここからいなくなり、二度と戻ってこないのではないかと思うと、生きた心地がしなかった。だから、まるで彼がこの世に残された唯一の命綱ででもあるかのようにしがみついた。一方、彼のほうは奇妙なほど静かに、注意深くそろそろと彼女の腕をほどくと、その熟練した外科医の指で彼女の全身のさまざまな場所に触れはじめた。またしてもめくるめくような興奮が彼女を襲った。

次に彼がしたことはすさまじく、同時に甘美この上なかった。それが彼にとっては単なる準備――病院で言うところの施術前の準備――にすぎないとわかってはいても、彼女にしてみればまったくの未知なる体験だった。しかもすべてがおそろしくすばやかった。そのほんの数秒としか感じられないあいだに、彼女はもはや引き返すことのできない極限にまで達していた。部屋全体が一気に縮んで眼もくらむような一点の光となり、あと少しでもよけいに触られたら、その光が爆発してすべてが粉々になってしまうのではないかとさえ思った。そこまで行ったところで、コンラッドは肉食獣を思わせる動きですばやく彼女の上に覆いかぶさると、やり残した最後の行為に取りかかった。

アナは全身から情熱が引き出されていくのを感じた。まるでまだ生きている長い神経が、白熱した炎の糸が、ゆっくりと体から引き出されていくかのようだった。彼女はコンラッドに向かって叫んだ——もっと、もっと、もっと——夢中でそう叫ぶうちに、突然どこか頭上のほうから別の声が聞こえてきた。その声は次第にどんどん大きくなり、アナに聞かれることをしつこく執拗に訴えていた。

「何かつけてるのかって訊いてるんだ」とその声は知りたがっていた。

「ああ、ダーリン、なんですって？」

「さっきからずっと訊いてるじゃないか。何かつけてるのかって？」

「わたしが？」

「ここがどうもつっかえるんだ。ペッサリーか何かをつけてるとしか思えない」

「つけてるはずないじゃないの、ダーリン。何もかもすばらしいんだから、もう静かにして」

「何もかもすばらしくはないよ、アナ」

スクリーンに映った映像のように、室内がまたはっきりと見えるようになった。前景にコンラッドの顔があった。裸の肩に乗ったその顔が彼女の上にぬっと迫り出し、その眼は彼女の眼をじっとのぞき込んでいた。口はまだしゃべりつづけていた。

「器具を使うなら使うで、せめて正しい使い方を覚えてからにしてくれ。いい加減に装着されるほど腹立たしいことはないんだから。ペッサリーは奥の子宮頸部に接するようにつけなくちゃいけないいんだ」

「でも、わたしは何もつけてないのよ！」

「つけてない？　じゃあ、ここにあるのはなんだって言うんだ」

今やこの部屋だけでなく、世界全体がゆっくりと体の下から遠のいていくようだった。

「気分が悪いわ」と彼女は言った。

「なんだって？」

「気分が悪いの」

「子供じみた真似はやめなさい、アナ」

「コンラッド、もうやめて、お願い。もう帰って」

「いったい何を言ってるんだ？」

「あっちへ行って、コンラッド！」

「馬鹿なことを言うんじゃないよ、アナ。ああ、わかったよ、途中でしゃべったぼくが悪かった。忘れてくれ」

「どいてよ！」と彼女は叫んだ。「どいて！　どいて！　どいて！」

彼女は彼を押しのけようとしたが、彼は巨大でびくともせず、まったく身動きが取れなかった。

「気持ちを静めるんだ」と彼は言った。「落ち着いて。そんなふうに途中でいきなりやめようとするなんていけないよ。それに頼むから泣きだしたりしないでくれ」

「ひとりにしてちょうだい、コンラッド、お願いよ」

彼は体のあらゆる部分でアナを押さえつけていた——腕と肘、手と指、太腿と膝、足首と足。まるでヒキガエルのように。這いつくばった巨大なヒキガエルそっくりにべったりとしがみついて、彼女を放そうとしなかった。まさにそんなヒキガエルを彼女は以前見たことがあった。そのヒキガエルは小川の畔の石の上で交尾をしていた。じっと這いつくばって動かず、おぞましい姿で、邪悪な黄色い光を眼に宿し、強力な二本の前肢でがっちりと雌ガエルを捕えて、決して放そうとしなかった……

「いい加減暴れるのはやめなさい、アナ。聞き分けのない子供みたいだな、もう。いったいどうしたって言うんだ？」

「あなたのせいで痛いのよ！」と彼女は叫んだ。

「痛い？」

「痛くてたまらない！」

それはひとえに彼をどかせるために言ったことだ。

「どうして痛いかわかるか？」と彼は言った。

「コンラッド！　あなたこそいい加減にして！」

「まあ、ちょっと待ちなさい、アナ。説明させてくれれば……」

「いいえ！」と彼女は言った。「説明はもう聞き飽きたわ！」

「まあ、そう言わずに……」

「嫌よ！」アナは逃れようと必死でもがいたが、依然として押さえつけられたままだった。

「痛みがある理由は」と彼は続けた。「きみが粘液をまったく分泌していないからなんだ。実際、粘膜が乾ききって……」

「やめて！」

「正式名称は老年性萎縮性膣炎。加齢に伴う症状だ、アナ。だから老年性と呼ばれてる。これといった対処法はなくてね……」

そこでアナは悲鳴をあげた。耳をつんざくほどの絶叫ではなかったが、悲鳴にはちがいない。聞くに耐えないような、打ちひしがれた苦悶の悲鳴。ほんの何秒かその叫び声を耳にすると、コンラッドは突然――いとも優美な身のこなしで――さっと身をひるがえし、両手で彼女を片方に押しやった。その勢いがあまりに強くて、アナは床に転がり落ちた。

そうしてのろのろと立ち上がると、よろめきながらバスルームに向かって走った。哀願するようなおかしな声で「エド！……エド！……エド！……」と叫びながら。ドアが閉まった。

コンラッドはじっと横になったまま、ドアの向こうから聞こえてくる音に耳を傾けた。初めは彼女のすすり泣く声だけが聞こえていた。が、しばらくすると、泣き声に交じって、キャビネットが開かれたときのカチッという金属音が聞こえた。そのとたん、彼は身を起こすとベッドから跳ね起き、ものすごい速さで服を着はじめた。一分の乱れもなく折りたたまれた服はすぐ手に取れるように置いてあり、すべて着おえるのにものの二分とかからなかった。それがすむと鏡のまえまで歩いていき、顔についた口紅をハンカチで拭き取った。そして、ポケットから取り出した櫛で見事な黒髪を整え、ベッドのまわりをひとまわりして、何か見落としたものはないか確認した。それから用心深く――眠っている子供を起こさないよう忍び足で出ていくときのように――廊下に出ると、そっとドアを閉めた。

雌ビッチ
犬

これまでのところ、私がオズワルド叔父の日記から抜き出して刊行したエピソードはひとつだけだ。それは——読者の中には覚えている方もおられるだろう——シナイ砂漠での叔父とシリア人のある特別な女性との遭遇にまつわる話だった。そのエピソードを刊行して六年になるが、わざわざ訴え出て揉めごとを起こそうとする者はいまだにひとりも現れていない。そこで今回、この興味深い日記からふたつめのエピソードを公表しようと思う。もっとも、弁護士にはやめたほうがいいと忠告されたが。彼が言うには、登場人物の一部は今も存命で、なおかつ読めばすぐに誰のことかわかってしまう。だから出版すれば容赦なく訴えられるだろうというのだ。よかろう、訴えたければ訴えるがいい。私は叔父を誇りに思っている。彼は人生を謳歌する術《すべ》を知っていた。最初のエピソードの序文で私はこう述べた——カサノヴァの『回想録』もこれに比べればまるで教区雑誌のようだ。そもそも偉大な漁色家であるカサノヴァ自身、オズワルドのまえでは不能者も同然だ、と。今でもその思いに変わりはない。だから、機会が得られた今、そのことを世に知らしめようと思う。以下は第二十三巻からのエピソードで、一言一句オズワルド叔父が書いたままのものである。

パリ

水曜日

十時に朝食。蜂蜜を試食してみた。これは昨日届いたもので、黄水仙《ジョンキーユ》として知られるあの愛らしいカナリア色の下塗りを施した初期のセーヴル焼の砂糖壺にはいっていた。〝シュジーより〟——とメッセージが添えられていた——〝感謝を込めて〟。感謝されるのは気分のいいものだ。それにこの蜂蜜は興味深かった。数ある所有物のひとつとして、シュジー・ジョリボワはカサブランカの南に小さな農園を持っている。そして、そこで大好きなミツバチを飼っている。巣箱はインド大麻《カナビス・インディカ》の畑の真ん中に設えられていて、蜜はすべてその花冠から集められる。これらのミツバチは常に多幸状態にあり、めったに働こうとしない。つまり、この蜂蜜は非常に貴重だということだ。私は三枚目のトーストに蜂蜜を塗った。蜂蜜はほぼ真っ黒で、つんと刺激的な香りがする。電話が鳴った。私は受話器を取り、耳にあてて待った。電話に出るとき自分から声を発することはない。なぜと言って、電話したのはこっちではなく向こうなのだから。

「オズワルド！ 聞こえますか？」

その声には聞き覚えがあった。「やあ、アンリ」と私は言った。「おはよう」

「聞いてください！」と彼は興奮気味に口早に言った。「ついにやりました！ ほぼまちがいありません！ 息切れしていて申しわけありません。でも、たった今、信じられないような経験をしたんですからね。もう大丈夫、万事問題ありません。今から来られますか？」

「ああ。すぐ行くよ」私はそう言って受話器を置くと、コーヒーをもう一杯注いだ。ほんとうにアンリはとうとうやってのけたのだろうか？ もしほんとうにそうなら、駆けつけて愉しみを分かち合わない手はない。

しかし、まずは私がいかにしてアンリ・ビオットと知り会ったのか説明しなければなるまい。三年ほどまえの夏のことだ。私はある女性と週末を過ごすために車でプロヴァンスに出かけた。この女性に興味を持った理由は単に彼女の体のある部分——ほかの女性であればまったく筋肉のない部分——に類い稀なる筋力が備わっていたからである。

到着して一時間後、川べりの芝生をひとりで散歩していると、小柄な黒髪の男が近づいてきた。手の甲にまでびっしりと黒い毛が生えたその男は、私に向かって小さくお辞儀をして言った。「アンリ・ビオットです。あなたと同様、こちらのお宅のお招きにあずかった者です」

「オズワルド・コーネリアスです」と私も名乗った。

アンリ・ビオットは山羊のように毛深かった。頬と顎は真っ黒な剛毛で覆われ、鼻の穴からも真っ黒な剛毛の房が飛び出していた。「ご一緒してもよろしいですか？」彼はそう言って私と並んで歩きだすなり、さっそく話しはじめた。なんというおしゃべりな男だろう！ いかにもフランス人的な、興奮しやすい気質のようだった。落ち着きなく飛び跳ねるように歩き、まるで指を四方八方に撒き散らそうとするかのように激しい手振りを交えながら、爆竹のようなすさまじい速さで次々とまくし立て、まず自分はベルギー人の化学者だと言った——パリで仕事をしています。嗅覚が専門でしてね、嗅覚の研究に生涯を捧げてるんです。

「つまり、においということかな？」と私は言った。

「そうです、そうです！」と彼は叫んだ。「まさにそのとおり！ 私はにおいの専門家なんです。世界じゅうの誰よりにおいを熟知しています！」

「いいにおいも嫌なにおいも？」と私は彼を落ち着かせようとして尋ねた。

「いいにおいも、香しいにおいも、輝かしいにおいも！」と彼は言った。「なんだってつくれます！　お望みならどんなにおいでもつくってみせます！」

彼はなおも話しつづけ、自分はパリで屈指の高級ファッションデザイナーのもとで調香の責任者を務めているのだと言った。さらに、この鼻――と彼は鼻毛がぼうぼうに飛び出た大きな鼻のてっぺんに毛深い指を置いて言った――そこらへんの鼻となんの変わりもないように見えるでしょう？　私は彼に、あんたの鼻の穴からは大平原の麦の穂より大量の鼻毛が飛び出ているのに、なぜ床屋に行って刈ってもらわないのか、と言ってやりたかった。が、そのかわりに礼儀正しく、特に変わった点は見受けられないと答えた。

「そうでしょうとも」と彼は言った。「しかし、実のところ、これは驚異的な感度を持った嗅覚器官なのです。ふた嗅ぎもすれば、一ガロンのゼラニウム油にまぎれた一滴の合成ムスクの存在を感知することもできます」

「それはすごい」と私は言った。

「シャンゼリゼ通りでも」と彼は続けた。「私の鼻は、あの広い大通りの反対側を歩く女性の香水を正確に嗅ぎあてることができます」

「あいだに車が走っていても？」

「あいだにどれだけ車が走っていても」と彼は言った。

彼はさらに世界的に有名な香水の名前をふたつ挙げた。どちらも彼の勤め先のファッションブランドの製品だった。「これらは私自身の作品です」と彼はひかえめに言った。「私が自分で調香しました。おかげであの有名な経営者のくそばばあは大儲けしました」

「きみ自身は？」

「とんでもない！　私は給料制で働くしがない従業員にすぎませんから」彼はそう言って両手を広げ、肩が耳たぶに触れるほど思いきり肩をすくめた。「もっとも、いつかは独立して自分の夢を追い求めようと思ってますがね」

「夢があるんだね？」

「そりゃありますとも、すばらしく壮大な、わくわくするような夢がね！」

「だったらなぜその夢を追わないんだね？」

「なぜって、そのためにはまずそれなりの先見性と財力のある後援者を見つけなければならないからです」

ははあ──と私は思った──つまりそういうことか。「きみほどの評判があれば、それもそうむずかしいことではないんじゃないかな」

「私が探しているようなお金持ちというのはなかなか見つからないものです」と彼は言った。「風変わりなものを熱心に追い求める、遊び心のあるギャンブラーでなければなりませんからね」

私のことだ、この確信犯め、と私は思った。「きみのその夢というのはどんなものなんだね？」と私は尋ねた。「香水をつくることかな？」

「あなた！」と彼は叫んだ。「香水なんてものは誰にだってつくれますよ！　単なる香水の話をしてるんじゃないんです！　私は唯一無二の価値がある、究極の香水の話をしてるんです！」

「つまり？」

「そりゃあもちろん、危険な香水に決まってるじゃありませんか！　それが実現したら、私は世界を征服することになるんですから！」

「けっこうなことだね」と私は言った。

「冗談で言ってるんじゃありませんよ、ムッシュ・コーネリアス。私の野望についてお話ししてもよろしいですか？」

「どうぞ」

「失礼して坐らせていただきます」と彼はベンチに近づきながら言った。「去年の四月に心臓発作を起こしたもので、用心しないといけないんです」

「それはいけないね」

「いいえ、お気づかいにはおよびません。無理さえしなければ大丈夫ですから」

気持ちのいい昼さがりだった。私たちは川沿いの芝生の上のベンチに腰をおろした。すぐそばを深い川が悠々と流れ、小さな羽虫の群れが水面を飛び交っていた。対岸の土手に沿って柳が立ち並び、その向こうに黄色いキンポウゲに彩られたエメラルドグリーンの牧草地が広がっていた。茶色と白のまだらの雌牛が一頭、草を食んでいた。

「私がどんな香水をつくりたいかお話ししましょう」と彼は言った。「しかし、そのまえにいくつか説明しなければならないことがあります。そうでないと完全にはご理解いただけないでしょうから。しばしご辛抱ください」彼は片手を膝に置いていた。毛深い手の甲が上向きになっていて、まるで黒いネズミのようだった。彼はそれをもう一方の手でそっと撫でさすりながら続けた。

「まず初めに考えてみてください。雄犬が発情期の雌犬に遭遇すると、どんな現象が起きるか。このときの雄犬の性的衝動はすさまじいものです。一切の自己制御が効かなくなります。頭にあるのはただひとつ、その場で雌犬と交わることだけです。そして実際、力ずくで阻止されないかぎり、ただちに行動に移します。しかし、雄犬にこれほどのすさまじい性的衝動を起こさせる原因が何かご存知ですか？」

「においだね」と私は言った。

「まさにそのとおり、ムッシュ・コーネリアス。特殊な構造をしたにおいの分子が雄犬の鼻孔に侵入し、嗅神経終末を刺激します。それによって緊急の信号が嗅球に送られ、そこからさらに高次の脳中枢へと送られます。このすべてがにおいによって起こるのです。仮に雄犬の嗅神経を断ったとしたら、その犬は性的な欲求を失います。これはほかの多くの哺乳類の場合にもあてはまりますが、人間の場合にはあてはまりません。においは人間男性の性欲とはなんの関係もないのです。この点において、人間男性を刺激するのは視覚と触覚、それに強い想像力であり、決してにおいではありません」

「香水はどうなのかな？」と私は言った。

「あんなもの、なんの役にも立ちませんよ！」と彼は言った。「ああいう小さな壜にはいった高価な香水、私がつくっているようなやつには催淫効果なんてまったくありません。もともと香水にはそういう目的はないんです。昔の女性が香水を使用したのは、強烈な体臭をごまかすためでした。しかし、悪臭から解放された現代の女性が香水を使うのは、純粋に自己陶酔的な理由からです。女性たちは香水を身につけ、自分たちの香りにうっとりしますが、男性はほとんど気づきもしません。それは断言できます」

「私は気づくけれど」と私は言った。

「肉体的にそそられますか？」

「いや、肉体的にはノーだね。審美的にはイエスにしろ」

「香りを愉しむだけでしょう。私もです。しかし、個人的にもっと惹かれるにおいはたくさんあります――上質なシャトー・ラフィットの熟成香《ブーケ》、新鮮なコミス梨の芳香、あるいはブルターニュの海岸に吹き寄せる潮風の香りなどがそうです」

川の真ん中でマスが一匹高く跳ね、陽の光を反射してきらりと光った。ムッシュ・ビオットは言った。「麝香《ムスク》だの龍涎香《アンバーグリス》だの、ジャコウネコの睾丸から分泌される霊猫香《シヴェット》だの、あんなものはすべて馬鹿げた迷信ですよ。今の時代、われわれは化学物質から香水をつくってるんですから。麝香の香りが欲しければ、セバシン酸エチレンを使います。フェニル酢酸があれば霊猫香の香りになるし、ベンズアルデヒドがあればアーモンドの香りがつくれます。そう、私はもううんざりなんですよ。化学物質を混ぜ合わせていいにおいをつくるのにはもう飽き飽きしたんです」

その少しまえから鼻水がうっすらと垂れて、彼の鼻毛を黒々と濡らしていた。彼はそれに気づくと、ハンカチを取り出して鼻をかみ、ひと拭きしてから話を続けた。「そこで私がやろうとしているのは、人間の男性に電撃的な効果を及ぼす香水を生み出すことなのです！　まさに発情期の雌犬のにおいが雄犬に及ぼすのと同様の効果をね！　たったのひと嗅ぎで決まりですよ！　その男性は完全に理性を失い、すぐさまズボンをむしり取って、眼のまえの女性を力ずくでものにするでしょう！」

「そんな香水があれば面白いことになりそうだね」と私は言った。

「世界を支配できます！」と彼は叫んだ。

「ああ。けれど、さきほどきみ自身が言ったじゃないか、においは人間男性の性欲とはなんの関係もないと」

「今はそうです」と彼は言った。「しかし、かつてはちがったという証拠があります。人類が現在よりはるかにサルに近かった最終氷期後の時代には、ヒトの雄はまだサルと同様の特性を保持していました。つまり、しかるべきにおいを発している雌に出会うと、見境なく飛びかかっていたのです。しかし、その後の旧石器および新石器時代になると、においによって性的に活発化する性質はどんどん薄れていきます。そうした進化の結果、紀元前一万年頃、エジプトや中国でより高度な文明が発達する頃には、男性がにおいによって性的に刺激される能力は完全に失われてしまいました。こんな話は退屈ですか？」

「とんでもない。でも、ひとつ教えてほしい。今の話だと、男性の嗅覚器官そのものが実際に物理的変化を遂げたということなんだろうか?」

「断じてそんなことはありません」と彼は言った。「もしそうだったとしたら、もうどうすることもできません。そうじゃないんです。そうしたかすかなにおいを嗅ぎ取ることをわれわれの祖先に可能にした機能は、まだ存在しているのです。私にはわかっています。たとえば、そう、世の中には耳をぴくぴく動かせる人がいるのをご存知ですか?」

「私も動かせるよ」私はそう言って、実際にやってみせた。

「ほら、ごらんなさい」と彼は言った。「耳を動かすための筋肉がまだ存在している証拠です。ヒトがかつて、犬のように耳を前方にそばだてることができた時代の名残りです。十万年以上前にその能力は失われてしまいましたが、筋肉自体は残っている。それと同じことが嗅覚器官にもあてはまるんです。秘密のにおいを嗅ぎ取るための機能自体は残っていても、それを使う能力を失ってしまったということです」

「どうしてそこまで断定できるんだね?」と私は尋ねた。

「われわれの嗅覚の仕組みをご存知ですか?」と彼は言った。

「いや、知らない」

「では、お教えしましょう。さきにお教えしておかないと、今のあなたの質問にはお答えできませんから。いいですか、よく聞いてください。鼻孔に吸い込まれた空気は、鼻の上部にひさし状に張り出した三層の鼻甲介を通過します。ここで濾過されて温まった空気がさらに上へ進み、嗅覚器官を含む嗅裂と呼ばれる狭い隙間に流れ込みます。この嗅覚器官は一インチ四方程度の黄色がかった細胞組織で、その中に嗅神経繊維や嗅神経終末が分布しているのです。各神経終末は微細な繊毛の束が密生した嗅細胞からできていて、これらの繊毛がにおいを受け取る役目を果たしています。〝受容体〟と呼ぶのが適切でしょう。この受容体がにおい分子にくすぐられたり刺激されたりすると、脳に信号を送ります。仮にあなたが朝起きてきて焼けたベーコンのにおいを嗅いだ場合、まずそのにおい分子が鼻孔を通って受容体を刺激し、次に受容体が嗅神経を通じて脳に信号を送り、最後に脳がそのにおいの性質と強さを読み取ることになります。そこであなたはこう叫ぶわけです、〝ははあ、朝食はベーコンだな！〟と」

「私は朝食にベーコンは食べないが」と私は言った。

「それらの受容体こそ」と彼は私のことばを無視して続けた。「それらの微細な繊毛こそ問題なのですが、次にあなたはこうお尋ねになるでしょう。その受容体にはいったいどうして別々のにおい分子を――たとえば、そう、ミントと樟脳のにおいを――区別することができるのかと」

「どうやって区別してるんだね？」と私は興味を持って尋ねた。

「もっと注意して聞いてください」と彼は言った。「各受容体の末端にはカップのようなくぼみがあります。丸くはありませんが。これが〝受容器〟です。想像してみてください――末端に小さなカップのついた何千というこれらの微細な繊毛が、イソギンチャクの触手のようにゆらゆらと揺れながら、通り過ぎるにおい分子をカップにとらえようと待っている光景を。それこそ実際に起こっていることなんです。で、ある特定のにおいを嗅ぐと、そのにおいを構成している物質のにおい分子が鼻孔を駆けめぐって、例の小さなカップ――受容器――にはいり込みます。分子の大きさや形はさまざまですが、それと同様、受容器もまたそれぞれ形状が異なります。したがって、分子はそれ自体にぴったり合った受容器にしかはいりません。ミントの分子はミント用の受容器にしかはいらず、それとはまったく別の形をした樟脳の分子は樟脳用の受容器にしかはいらない。そういうわけなんです。言ってみれば、いろんな形のピースを正しい穴にはめて遊ぶ子供用のおもちゃがあるでしょう？　あれみたいなものです」

「ちょっと確認させてほしい」と私は言った。「つまり、私の脳がミントのにおいを認識できるのは、単にその分子がミント用の受容器にはいったからということなんだろうか？」

「そのとおりです」

「でも、まさかこの世のあらゆるにおいについて、ひとつひとつ形の異なる受容器が存在するなどと言ってるわけじゃないよね？」

「それはそうです」と彼は言った。「実のところ、人間には形の異なる受容器が七つしか備わっていません」

「どうして七つだけなんだね？」

「なぜなら、われわれの嗅覚が認識する〝純基本臭〟は七つしかないからです。それ以外はすべてその基本臭が混ざり合ってできる〝混合臭〟なのです」

「ほんとうに？」

「ほんとうです。われわれの味覚について言えば、それよりさらに少ないんです。認識する基本味はたった四つ――甘味、酸味、塩味、そして苦味だけです！　それ以外の味はすべてこの四つを混合したものなのです」

「その七つの純基本臭というのは？」と私は尋ねた。

「そんな名称などはどうでもいいことです」と彼は言った。「わざわざ話を面倒にしなくたっていいじゃありませんか」

「私は知りたいんだよ」

「わかりました」と彼は言った。「それらは樟脳臭、刺激臭、麝香臭、エーテル臭、花香、薄荷臭、そして腐敗臭です。お願いですから、そんな疑わしそうな顔をしないでください。これを発見したのは私じゃないんでね。博識な科学者たちが何年もかけて研究した結果なんです。彼らの結論はきわめて正確です。ただし、ある一点を除いて」

「というと？」

「彼らは知りませんが、実は第八の純基本臭――さらにその奇妙な形をしたにおい分子を受け取るための第八の受容器――が存在するのです！」

「ははあ、なるほど！」と私は言った。「きみの言わんとすることが今わかったよ」

「そういうことです」と彼は言った。「その第八の純基本臭こそ何万年も昔のヒトの雄を犬のように振る舞わせた性的興奮剤なのです。それはきわめて独特な分子構造をしています」

「で、きみはその正体を知っている？」

「もちろん私はその正体を知っています」

「われわれには現在もその独特な分子のための受容器が備わっていると言うんだね？」

「まさにそのとおりです」

「その謎のにおいは」と私は言った。「今でもわれわれの鼻孔にはいり込むことがあるんだろうか？」

「しょっちゅうありますよ」

「われわれはそれを嗅いでいる？ つまり、知覚しているのかということだけれど」

「いいえ」

「それは分子が受容器にはいらないから？」

「そんなことはありません、ちゃんとはいっています。ところが、そうなっても何も起こらないのです。脳にはなんの信号も送られないんです。電話線が不通になっているようなものですね。例の耳の筋肉と同じです。仕組み自体は今も存在するのに、それを正しく利用する能力が失われてしまったのです」

「では、それをどうするつもりなんだね？」と私は尋ねた。

「機能を復活させます」と彼は言った。「ここで問題になるのは筋肉ではなく神経です。これらの神経は死んだわけでも傷ついたわけでもなく、眠っているだけですから。おそらくはにおいの強度を千倍に高めて、触媒を加えることになると思います」

「それから？」と私は言った。

「これで充分です」

「もっと詳しく聞きたいね」と私は言った。

「こう言ってはなんですが、ムッシュ・コーネリアス、これ以上の話についてこられるほどあなたは官能特性のことをご存知ではありません。話はこれでおしまいです」

アンリ・ビオットは得意満面で、そのあとは川岸のベンチに坐ったまま押し黙り、片手の甲をもう一方の手で撫でた。鼻の穴から飛び出した彼のふさふさの鼻毛が彼にどこかしらいたずらっ子のような印象を与えていたが、それは見せかけだった。今の彼はむしろ危険で優美な小動物のように見えた——鋭い眼と針のあるしっぽを持ち、石の陰にそっとひそんで、通りかかる獲物を待ち伏せする小さな生きものさながらだった。私はそんな彼の顔をこっそり観察し、その口に興味を覚えた。彼の唇は赤紫がかった色をしていた。おそらく心臓の病気と関係があるのだろう。下唇は肉厚でぼってりと垂れ、中央が財布のようにふくれていて、小銭がはいっていてもおかしくなさそうだった。唇の皮がまるで空気を入れたようにぱんぱんに膨張しており、おまけにいつも濡れていた。唇を舐めるからではなく、唾液が多すぎるせいで。

ムッシュ・アンリ・ビオットはベンチに坐り、いたずらっぽい笑みを浮かべながら、私の次の反応を辛抱強く待っていた。彼が道徳心をまったく持ち合わせていないことは確かだった。が、それを言うなら私も同じだ。彼はまた邪悪な男でもあった。正直なところ、私自身は自分の邪悪さが美点のひとつに数えられるとは思わないが、他人の邪悪さにはついつい魅了されてしまう。邪悪な男には独自の輝きがある。あまつさえ、文明人の性行動を五十万年分も逆行させようなどと考える人間には、どこか悪魔的な壮麗さとでも言うべきものが感じられる。

そう、私はすっかり彼の虜になってしまったということだ。かくして、すぐにその場で――プロヴァンスのご婦人の庭を流れる川べりに坐ったまま――私はアンリに次のような提案をしたのだった。今の仕事はただちに辞めて、小さな研究所を設立すること。そのちょっとした冒険的事業にかかる費用は私がすべて負担し、給料も払う。契約期間は五年で、その間に生じた利益はいかなるものであれ半々に分けること……

アンリは有頂天になって叫んだ。「ほんとうに？　本気でおっしゃってるんですか？」

私は手を差し出した。彼はその手を両手で握って熱烈に揺さぶった。まるでチベットのヤクと握手しているようだった。「われわれは人類を支配するのです！」と彼は言った。「地上の神となるのです！」そう言って、がばっと私を抱擁すると、まず片側の頬に、次に反対側の頬にキスをした。このフランス流のキスの気持ち悪さといったら！　アンリの下唇の感触はまるで湿ったヒキガエルの下腹が頬に押しつけられたかのようだった。「このお祝いはあとに取っておこう」私はそう言って、麻のハンカチで頬を拭いた。

アンリ・ビオットは招待主の女性に詫びと口実を述べ、その夜のうちに大急ぎでパリへ戻っていった。そして、それから一週間もしないうちに勤め先を退職し、研究所を開くために部屋を三つ借りた。それらの部屋は、パリ左岸のラスパイユ通りを脇にはいったカセット通り沿いの建物の四階にあった。彼はそこに私の巨額資金を投じて複雑な装置を備え付けた。大きな檻に雄と雌のサルを飼い、さらにジャネットという聡明で、ひかえめであれば人前に出せなくもない若い女性の助手をひとり雇った。そうして準備が整うと、さっそく仕事に取りかかった。

言っておくが、このちょっとした冒険的な事業も私にとってはさして意味のあることではなかった。私を愉しませてくれることはほかにも山ほどあった。アンリのところには月に二回ほど進捗状況を見に立ち寄るだけで、あとはすべて彼のやりたいようにさせた。仕事自体にも注意を払わなかった。その手の研究のために必要な忍耐心というものを私は持ち合わせない。すぐに成果が出るものではないことがわかると、一切の興味を失いはじめた。性欲過剰なサルのつがいもそのうち大して面白いとも思えなくなったのだ。

それでも、彼の研究所に行って心から愉しんだことが一度だけある。もうおわかりだろうが、私はよほどのことがないかぎり、女性に抗うことができない。それがひかえめであれば人前に出せなくもない女性であってもだ。そんなわけで、ある雨の木曜日の午後、アンリが研究室の一室でカエルの嗅覚器に電極をあてがうのに忙しくしているときに、私は別の一室でそれよりはるかに好ましいものをジャネットにあてがったという次第。もちろん、この束の間の戯れに特別なことは何も期待していなかった。なんと言っても私にとっては習慣のようなものだからだ。それが蓋を開けてみると、なんと、まあ、驚いた！　このいかにも真面目そうな化学研究者の白い実験衣の下には、引き締まった柔軟な肢体を持つ、とんでもなく器用な女が隠れていたのだ。彼女が披露した実験は――最初は振動子を使って、次には高速遠心機を使って――まさに息を呑むほどのものだった。実際、そんな経験をしたのはアンカラで出会ったあのトルコ人女性の綱渡り芸人（第二十一巻参照）以来のことだった。これまで何百回と経験してきたことながら、これもまた女性というものが海のように計り知れない存在であることの証左である。船の下が深海なのか浅瀬なのかは測鉛を投げ入れるまではわからない。

しかし、それ以後、私が研究所を訪れることはなかった。知ってのとおり、私は一度知り合った女性のもとには二度と戻らないことにしている。いずれにしろ、私を相手にした女性たちはみな最初の出会いですべてをさらけ出してくれるので、二度出会ったところで、いわば同じヴァイオリンが奏でる同じ調べを聞くことにしかならない。誰がそんなものを聞きたがる？　少なくとも私は要らない。そういうわけでその日、朝食の席でいきなり電話越しに、感きわまったようなアンリの声を聞いたときには、私は彼の存在すらほとんど忘れかけていたのだった。

パリのひどい交通渋滞を抜けて、カセット通りまで車を走らせた。そして、研究所のまえに車を停めると、小さなエレヴェーターで四階に上がった。アンリがドアを開けた。「動かないで！　そこでじっとしていてください！」彼はそう叫ぶなり、部屋の奥に駆け込み、すぐに小さなトレイを手にして戻ってきた。トレイには油光りした赤いゴム製の物体がふたつのっていた。「鼻栓です」と彼は言った。「これを鼻に詰めてください。私がやってるように。さあ、早く、しっかり押し込んで。口から息をしなくちゃなりませんが、別にどうってことはないでしょう？」

それぞれの鼻栓の下の端には青色の短いひもがついていた。鼻の穴から引き抜くためのものだろう。アンリの鼻の穴からも青いひもの端が一本ずつ垂れているのが見えた。私が自分の鼻栓を装着すると、アンリはそれを確認して、親指でさらに強く押し込んだ。そして、飛び跳ねるような足取りで研究室に引き返すと、毛深い手を振って叫んだ。

「さあ、どうぞ、オズワルド！　さあ早く、はいって！　このとおり興奮してしまってますが、どうかお赦しのほどを。なにしろ今日は私にとって最高の日なんですから！」鼻栓をしているせいで、ひどい風邪をひいているような声だった。彼は戸棚に駆け寄って中に手を入れると、一オンスほどの香水がはいるぶ厚いガラスの小さな四角形の壜を取り出し、まるでそれが小鳥ででもあるかのように両手に包んで、私のところまで持ってきた。「さあ、ご覧なさい！　全世界で最も貴重な液体です！」

この手のくだらない誇張表現は私が激しく嫌悪するところのものだ。「つまり、とうとうやってのけたと思うんだね？」と私は言った。

「やりましたとも、オズワルド！　まちがいありません！」

「何があったのか説明してくれ」

「それはそう簡単なことじゃありませんが、やるだけやってみましょう」

彼はそう言うと、その小さな壜を注意深く作業台の上に置いて続けた。「この特別なブレンド——第一〇七六番——を蒸留装置にかけて一晩寝かせておいたんです。蒸留液は三十分に一滴ずつしか得られないんで。蒸発するといけないから、密閉したビーカーに集めます。こういう液体というのは非常に揮発性が高いんです。それで今朝八時半にここに来て、すぐに一〇七六番のところに行ってビーカーの蓋を開けて、ちょっとだけ嗅いでみました。ほんの軽いひと嗅ぎです。それで蓋をもとに戻しました」

「そしたら？」

「ああ、オズワルド、それはもうすばらしいのひとことです！　自制心が完全に消え失せて、今まで夢にも思わなかったようなことをやっちまったんです！」

「たとえばどんな？」

「それが、あなた、私はすっかり本能の生きものになっちまったんですよ！　まるで一匹の野獣、ケダモノです！　人間じゃない！　何世紀もの文明化による影響があっけなく消え去ってしまったんです！　私はもうまさに新石器人でした！」

「何をやったんだ？」

「実を言うと、そのあとのことはあまりはっきり覚えてないんです。何もかもが一瞬の強烈な出来事だったんで。いずれにしろ、想像を絶するようなすさまじい肉欲に取り憑かれて、それ以外のことはすべて頭の中から消えてしまいました。ただもう女が欲しくてたまらず、今すぐ女をわがものにしなければ爆発してしまう、そんな気分になったんです」

「ジャネットは運がいい」私はそう言って、隣りの部屋にちらりと眼をやった。「彼女はどうしてる？」

「ジャネットは一年以上前に辞めました」と彼は言った。「かわりにシモーヌ・ゴーティエという優秀な若い化学者を雇いました」

「じゃあ、運がよかったのはシモーヌだ」

「ちがうんです！」とアンリは叫んだ。「それがひどい話で、彼女はまだ出勤してなかったんです！　今日にかぎって遅刻したんです！　頭がおかしくなりそうでしたよ。しかたがないので、廊下に飛び出して階段を駆け降りました。危険な猛獣みたいにね。とにかく女を探しまわりました。どんな女でもかまわなかった。だから、見つかった女こそいい迷惑です！」

「それで誰を見つけたんだ？」

「ありがたいことに誰も。そこで急にわれに返ったんです。効果が切れたんですね。それはもうほとんど一瞬のことで、気づいたら階段を三階まで上がったところにぽつんと立っていました。寒気を感じると同時に、何が起こっていたのか気づきました。階上《うえ》に駆け戻って、親指と人差し指でしっかり鼻をつまみながら、もう一度この部屋にはいって、鼻栓をしまっておいた引き出しのところに直行しました。この研究を始めて以来、こんなこともあろうかと用意してあったんです。その鼻栓を鼻に詰めて、ようやく助かったというわけです」

「口からはいったにおい分子が鼻に上がってきたりはしないのか？」と私は尋ねた。

「受容器までは届きません」と彼は言った。「だから口からにおいを嗅ぐことはできないんです。そういうわけで私は蒸留装置のところに行って熱源を切りました。それからその貴重な液体のごく少量を、ビーカーから今あなたがごらんになっているこの非常に頑丈な密閉壜に移しました。この中には第一〇七六番がきっかり11cc収められています」

「それから私に電話したというわけか」

「いえ、すぐにはしませんでした。ちょうどそこへシモーヌがやってきたからです。彼女は私を一目見るなり、叫び声をあげて隣の部屋に逃げ込みました」

「どうしてそんなことを？」

「それがなんと、オズワルド、私は素っ裸でそこに立ってたんです。気づきもしませんでした。着ていた服を全部自分でむしり取ったのにちがいありません！」

「それからどうした？」

「もとどおりに服を着てから、シモーヌに一部始終を説明しました。事情を知った彼女は私に負けないくらい興奮しました。なにしろ、もう一年以上もふたりでこの研究を続けてきたんですから」

「彼女はまだここに？」

「ええ。隣りの研究室にいます」

まさに驚くべき話だった。私はその小さな四角い罎を手に取って光にかざしてみた。ぶ厚いガラスを通して、熟れたマルメロの果汁のような、ピンクがかった淡い灰色の液体が半インチほどはいっていた。

「落っことさないでくださいよ」とアンリが言った。「持ち上げないほうがいい」私は罎を置いた。「さて、次にやるべきことは」と彼は続けた。「科学的な条件下で正確な実験をおこなうことです。そのためには一定の分量を女性に振りかけ、そこに男性を近づけるという手法をとらなければいけません。さらに、その工程を近くで観察する必要があります」

「きみも相当な好き者だな」と私は言った。

「私は嗅覚の研究者ですから」と彼は取りすました口調で言った。

「私が鼻栓をつけたまま表に出て、最初に通りかかった女性に香水を振りかけるというのはどうかな」と私は言った。「きみはこの窓から見ていればいい。きっと愉快きわまりない見物《みもの》になるぞ」

「そりゃあ見物にはちがいありませんが、あまり科学的とは言えませんね。実験は室内で、それもきちんと管理された条件下でおこなう必要があります」

「いずれにしろ、私が男の役をやるよ」と私は言った。

「それはいけません、オズワルド」

「何がいけないんだ。私はやると言ったらやるよ」

「いいですか」とアンリは言った。「女性がその場に居合わせたらどうなるかはまだわかっていないんですよ。ただ、確実に言えるのは、これがきわめて強力な代物だということです。それにこう言ってはなんですが、あなたはそれほど若くない。だから、きわめて危険なことにもなりかねません。あなたの体力の限界を超えてしまうかもしれないからです」

私はむっとして言った。「私の体力に限界などない」

「馬鹿をおっしゃい」とアンリは言った。「私はそんな危険は冒しません。だから強健そのものの若者をひとり見つけて雇ったのです」

「もう手配ずみということか？」

「ええ、もちろん」とアンリは言った。「興奮して待ちきれません。早く取りかかりたい。その若者はもうすぐここにやってきます」

「そいつは何者なんだ？」

「プロボクサーです」

「なんとなんと」

「名前はピエール・ラカーユ。彼にはこの仕事と引き換えに千フラン支払うことになっています」

「どうやって見つけたんだ？」

「あなたが思っている以上に私には知り合いが大勢いるんですよ、オズワルド。私だって隠遁者じゃないんだから」

「その男は自分が何をやることになるのか知ってるのか？」

「性の心理学に関わる実験に参加してもらうとだけ言ってあります。事前の情報はできるだけ少ないほうがいいですから」

「女性のほうは？　誰を使うんだ？」

「シモーヌですよ、もちろん」とアンリは言った。「彼女自身が立派な科学者ですからね。男性の反応を私以上に仔細に観察してくれることでしょう」

「それはそうだが」と私は言った。「自分の身がどうなるかはわかってるのか？」

「それはちゃんとわかってますとも。しかし、まあ、説得するのは大変でした。歴史に残る実験に参加するのだからと言って、納得させなければなりませんでした。この偉大な実験はやがて何百年も語り継がれることになるんだからって」

「ばかばかしい」と私は言った。

「そうおっしゃいますが、この何百年のあいだにも、決して忘れ去られることのない科学的発見の偉大な歴史的瞬間というものが度々あったわけです。たとえば、そう、一八四四年にコネティカット州ハートフォードのドクター・ホーレス・ウェルズが自分の歯を一本抜かせたときのように」

「それのどこがそんなに歴史的なことだったんだ？」

「歯科医のドクター・ウェルズは、日頃から笑気ガスの陶酔効果に注目していました。ある日、彼はひどい歯痛に襲われました。で、その歯を抜かなければならなくなって、別の歯医者を呼んで抜歯を頼んだのです。でも、歯を抜くまえにこう頼みました。自分の顔にマスクをかぶせ、笑気ガスを吸入させてくれと。彼は意識を失い、そのあいだに抜歯がおこなわれ、やがて意識が戻ったときには、何事もなかったかのようにぴんぴんしていました。そうです、つまりはそれこそ全身麻酔をかけておこなわれた世界初の手術だったわけです。それが偉大な科学的発展への第一歩だったのです。そして、われわれも今それと同じことをやるのです」

ちょうどそのとき玄関のベルが鳴った。アンリは一対の鼻栓をさっとつかんでドアに向かった。玄関にはボクサーのピエールが立っていた。アンリはピエールの鼻孔にも鼻栓がしっかり押し込まれるまでは入室を許さなかった。おそらくこの若者はポルノ映画にでも出演するつもりでやってきたのだろうが、妙な鼻栓をつけさせられて、早くもがっかりしたにちがいない。ピエール・ラカーユはバンタム級で、小柄ながら筋骨逞しかった。顔はのっぺりして、鼻が曲がっていた。歳は二十二歳ぐらい、あまり賢そうには見えなかった。

アンリはピエールと私を引き合わせてから、シモーヌが働いている隣りの研究室に私たちを案内した。彼女は白い実験衣を着て作業台のそばに立ち、ノートになにやら書き込んでいた。私たちがはいっていくと、顔を起こしてぶ厚い眼鏡越しにちらりと私たちを見た。眼鏡のフレームは白いプラスティック製だった。

「シモーヌ」とアンリが言った。「こちらはピエール・ラカーユ」シモーヌはボクサーに眼を向けたが、何も言わなかった。アンリは私の紹介ははしょった。

シモーヌは三十前後のほっそりした女性で、感じのいい、今洗いましたといったような顔をしていた。髪はうしろで束ねてシニヨンにまとめていた。その髪形が白い眼鏡と白い実験衣と色白の顔とともに、彼女に奇妙なまでに潔癖な雰囲気を与えていた。まるで加圧滅菌器で三十分も滅菌処理されたような、ゴム手袋をはめた手で扱わなければならないような、そんな感じだった。その大きな茶色い眼でボクサーをじっと見ていた。

「それじゃ、始めよう」とアンリが言った。「用意はいいかな？」

「何が始まるんだか知らないけど、用意はできてるよ」とボクサーは言って爪先で軽くステップを踏んでみせた。

アンリのほうも用意はできていた。明らかに私が到着するまえにすべての手筈を整えていたようだった。「シモーヌにはあの椅子に坐ってもらう」アンリはそう言って、研究室の中央に置かれた木の椅子を指差した。「それから、ピエール、きみは鼻栓をつけたまま、そこの六メートルの印のところに立ってくれ」

椅子からの距離を段階的に示すチョークの線が五十センチから六メートルまで床に引かれていた。

「まず初めに私がこの女性の首に少量の液体をスプレーする」とアンリはボクサーに言った。「そしたらきみは鼻栓をはずして、ゆっくりと彼女に向かって歩きだす」そこでアンリは私に向かって言った。「何よりもまず有効範囲を知りたいんです。つまり、においの分子が鼻孔に届いた瞬間の対象までの正確な距離ですね」

「彼は服を着たままでスタートするのか？」と私は訊いた。

「そうです、このままの状態で」

「それで女性は彼に協力するのか、抵抗するのか？」

「どちらでもありません。純粋に受け身で身を委ねなければなりません」

シモーヌはまだじっとボクサーを見つめていた。彼女の舌先がゆっくりと唇を舐めるのが見えた。

「この香水だが」と私はアンリに言った。「女性にもなんらかの効果を及ぼすのかな？」

「いいえ、まったくなんの効果もありません」と彼は言った。「だから、今からシモーヌを隣の部屋にやって、スプレーの準備をさせるんです」まさにそのことばどおり、シモーヌは一番大きな研究室にはいってドアを閉めた。

「つまり、あんたがあの女に何かをスプレーして、おれが彼女に向かって歩いていく」とボクサーが言った。「そしたらどうなるんだい？」

「今にわかる」とアンリは答えた。「心配してるんじゃないだろうね？」

「おれが心配してるって？」とボクサーは言った。「女のことで？」

「よし、その意気だ」とアンリは言った。ひどく興奮しはじめていた。部屋の端から端まで飛びまわって、チョークの印の上に置いた椅子の位置を再三チェックし、ガラスのビーカーや壜や試験管といった壊れやすいものをすべて作業台から高い棚に移した。

「ここは理想的な実験場所とは言えませんが、できるかぎりのことはやらなければ」そう言うと、彼は外科手術用のマスクを顔の下半分にかけ、私にもマスクを渡した。

「鼻栓を信用していないのか？」

「万全を期すためです」と彼は言った。「マスクをしてください」

シモーヌがステンレス製の小さなスプレーガンを手にして戻ってくると、アンリにそれを渡した。アンリはポケットからストップウォッチを取り出して言った。「それじゃ、位置についてくれ。ピエール、きみはそこの六メートルの印のところに立つんだ」ピエールは言われたとおりにした。シモーヌは椅子に腰かけた。肘掛けのない椅子だった。彼女は染みひとつない白い実験衣を着て、すっと背すじを伸ばし、両手を膝の上に重ね、膝をきちんとそろえて坐っていた。アンリが彼女の背後についた。私は横のほうに立っていた。「用意はいいかな？」とアンリが大きな声を出した。

「待って」とシモーヌが言った。彼女がことばを発したのはそのときが初めてだった。彼女は立ち上がり、眼鏡をはずして高い棚の上に置いてから、また椅子に戻って坐った。それから白い実験衣の腿のあたりの皺を伸ばすと、両手を組み合わせ、また膝の上に置いた。

「もういいかな？」とアンリが言った。

「もういいだろう」と私は言った。「発射しろ」

アンリは小さなスプレーガンをシモーヌの耳の下の剝き出しの肌に狙い定めた。そして引き金を引いた。しゅっという音がして、スプレーガンのノズルから細かい霧状の液が噴射された。

「鼻栓を抜くんだ！」とアンリはボクサーに向かって叫ぶと、すばやくシモーヌから離れて私の隣りに立った。ボクサーは鼻の穴から垂れ下がった二本の紐をつかんで引っぱった。ワセリンを塗布してあった鼻栓はするりと抜けた。

「さあ、さあ！」とアンリが叫んだ。「動きはじめていいぞ！　鼻栓を床に捨てて、ゆっくりまえに出るんだ！」ボクサーは足を一歩踏み出した。「それじゃ速すぎる！」とアンリが叫んだ。「もっとゆっくり！　そう、それでいい！　その調子だ！　そのまま歩いて、止まらないで！」彼はすっかり夢中になっていた。私自身もまた少々興奮しはじめていたことは認めなくてはならない。私はシモーヌに眼をやった。彼女はボクサーからほんの数メートル離れた椅子の上で身を屈めていた。全身をこわばらせ、じっと動かず、ボクサーの一挙一動を見守っていた。私は以前に見た白い雌のネズミのことを思い出した。そのネズミは巨大なニシキヘビと一緒の檻に入れられており、ニシキヘビは今にもネズミを丸呑みにしようとしていた。ネズミ自身にもそれがわかっていながら、じっと低く身を伏せ、金縛りにあったようにその場に釘づけになったまま、ゆっくりと近づいてくる大蛇の動きに魅せられたようになっていた。

ボクサーはじりじりとまえに進んだ。

彼が五メートルの線を通過すると、シモーヌが組んでいた両手をほどき、手のひらを下にして太腿に置いた。が、そこで気が変わったらしく、両手を尻の下にやると、椅子の座面の両側をぎゅっとつかんだ――まるで来たるべき猛攻に対して身構えるかのように。

ボクサーが二メートルの線を通過した直後、においが彼をとらえた。彼はぴたりと立ち止まった。眼がどんよりと生気を失い、まるで木槌で頭を打たれたかのように体をふらつかせた。その場にひっくり返るのではないかと思った。が、そうはならなかった。立ったまま、酔っぱらいのように体を左右にふらふらと揺らした。そこでいきなり鼻を鳴らしはじめた。まるで餌箱のまわりを嗅ぎまわる豚のように、ふがふがとおかしな鼻息を立てたり、うなったりしはじめた。やがて――なんのまえぶれもなく――彼はシモーヌに飛びかかった。彼女の白い実験衣を剝ぎ取り、服を引き裂き、下着をむしり取った。そのあとはまさに地獄が解き放たれたかのような大騒ぎになった。

その数分間の光景をいちいち説明することにはあまり意味がない。どっちみち大部分は想像がつくことだ。それでも、アンリが並はずれて強健な若者を実験台に選んだのは、おそらく正しかったと言わざるをえない。認めたくはないが、あのボクサーが衝動のままに実演してみせた信じられないほど激しい運動には、私の中年の肉体はおそらく耐えられなかっただろう。私には他人の性行為をのぞく趣味はない。むしろそういう行為を嫌悪している。しかしながら、この場合、私は完全にその場に釘づけになっていた。男の野獣のような獰猛さには恐るべきものがあった。彼はまさに野獣そのものだった。あまつさえ、その騒動のさなか、アンリが興味深い実験をおこなった。リヴォルヴァーを取り出すと、ボクサーに駆け寄ってこう叫んだのだ。「その女から離れろ！　離れないと撃つぞ！」ボクサーは彼に眼もくれなかった。そこでアンリは頭上で一発撃って叫んだ。「本気で言ってるんだぞ、ピエール！　今すぐやめないと撃ち殺すぞ！」ボクサーはやはり見向きもしなかった。

アンリは部屋じゅうを跳ねまわり、小躍りして叫んだ。「すばらしい！　まさに夢のようだ！　信じられない！　やったぞ！　やったぞ！　ついにやりました、オズワルド！　われわれはついにやってのけたんです！」

男の動きは始まったときと同じようにぴたりとやんだ。ボクサーは唐突にシモーヌを放して立ち上がると、眼をぱちくりさせて言った。「ここはいったいどこだ？　何があったんだ？」

シモーヌはどうやら無事に持ちこたえたようだった。飛び起きて衣服を掻き集めると、隣りの部屋に逃げ込んだ。そばを駆け抜けた彼女にアンリが声をかけた。「ありがとう、マドモアゼル」

興味深いことに、ボクサーは困惑するばかりで、自分が何をしたのかまったく覚えていなかった。素っ裸で汗まみれのまま部屋の中を眺めまわし、いったいどうしてこんなことになったのかと首をひねっていた。

「おれはいったい何を？　あの女はどこへ？」

「きみは最高にすばらしかった！」とアンリが叫んで、彼にタオルを投げてやった。「何も心配しなくていい！　約束の千フランは全部きみのものだ！」

ちょうどそのときドアが勢いよく開き、まだ裸のままのシモーヌが部屋に駆け戻ってきて叫んだ。「もう一度かけて！　ああ、ムッシュ・アンリ、もう一度だけわたしにあれをかけてください！」彼女は顔を紅潮させ、眼をぎらぎらと輝かせていた。

「実験はおしまいだ」とアンリは言った。「あっちに行って服を着なさい」そう言って、彼はシモーヌの肩をしっかりつかみ、隣の部屋に押し戻した。それからドアに鍵をかけた。

三十分後、アンリと私は通りを少し行ったところにある小さなカフェで成功を祝っていた。コーヒーとブランデーで祝杯をあげていた。「効果はどれくらい続いた？」と私は尋ねた。

「六分三十二秒です」

私はブランデーを一口飲んで、歩道を行き交う人々を眺めながら言った。「さて、次はどうする？」

「まずはきちんと記録します」とアンリは言った。「それから今後について話し合いましょう」

「きみのほかに調合法を知っている者は？」

「誰もいません」

「シモーヌはどうなんだ？」

「彼女も知りません」

「どこかに書きとめてあるのか？」

「他人が読んでもわからないようにしないといけませんね。明日やります」

「それを最優先でやってくれ」と私は言った。「私もその写しをもらいたい。ところで、あの香水をなんと呼ぼうか？　何か名前が必要だ」

「何かいい案はありますか？」

「〝雌犬《ビッチ》〟だ」と私は言った。「〝雌犬《ビッチ》〟と名づけよう」アンリはにんまりと笑っておもむろにうなずいた。私はブランデーのおかわりを頼んでから言った。「こいつは暴動を鎮めるのにもってこいの道具になる。催涙ガスなんかよりずっといい。こいつを怒り狂った暴徒の群れに噴射した光景を想像してみるといい」

「けっこうですな。実にけっこう」

「それからこういうのはどうだ。でっぷり肥った大金持ちの女どもに途方もない値段で売りつけるんだ」

「大いに期待できますね」とアンリは言った。

「男性の精力減退もこれで治せると思うか？」

「もちろんです。インポなどもはや問題にもなりません」

「八十代の老人でも？」

「効果は絶大です。ただし、命の危険も絶大ですが」

「破綻寸前の結婚生活には？」

「それはもう、可能性を考えだしたらきりがありませんね」

まさにその瞬間、あるアイディアの種が私の頭の中でゆっくりと芽生えはじめた。以前も述べたように、私は政治に大いに関心を持っている。そしてイギリス人でありながら、アメリカ合衆国の政治に最大の情熱を注いでいる。で、常々、あの混迷した強国こそ人類の命運を握っていると考えているのだが、目下あの国で大統領の座に就いている男には我慢がならない。あいつは邪悪な政策を推進する邪悪な人間だ。さらに悪いことに、あの男はまるでユーモアを解さない、およそ魅力というものが感じられない人間だ。それならこの私、オズワルド・コーネリアスがあいつを辞任に追い込んでやったらどうか？

このアイディアはことさら私の気に入った。

「今現在、研究所にある〝雌犬《ビッチ》〟の分量は？」と私は訊いた。

「きっかり10ccです」とアンリは言った。

「それで、一回分の用量は？」

「試験に使ったのは1ccです」

「それだけあれば充分だ」と私は言った。「1ccだな。今日家に持って帰るよ。それと鼻栓のセットも」

「いけません」とアンリは言った。「この段階であれを弄ぶのはやめましょう。危険すぎます」

「いいや、私の好きにさせてもらうよ。半分は私のものなんだから。契約を忘れないでもらいたいね」

結局、彼は不承不承私の要求を聞き入れた。われわれは研究所に戻って鼻栓を装着した。アンリは〝雌犬《ビッチ》〟を正確に1cc量って、小さな香水壜に移し、蠟で栓を密閉してから、私に壜を渡して言った。「くれぐれも慎重にお願いしますよ。これは今世紀でおそらく最も重要な科学的発見です。冗談半分で扱われては困ります」

アンリの研究所を出ると、私はすぐに古い友人マルセル・ブロソレの作業場に車を走らせた。マルセルは小型の精密科学機器の発明家兼製造者で、外科医向けに新型の医療機器――人工心臓弁やペースメーカーや、水頭症患者の頭蓋内圧を低下させる小さな一方向弁など――を多数考案していた。

「きみにつくってもらいたいものがある」と私はマルセルに言った。「きっかり1ccの液体がはいるカプセルだ。この小さなカプセルには、まえもって定めた時間にカプセルを割って液体を流出させる時限装置をつけてもらいたい。ただし、装置全体の長さと厚さが半インチを超えてはならない。小さければ小さいほどいい。できるかね？」

「お安いご用だ」とマルセルは言った。「薄いプラスティックのカプセル、カプセルを割るための剃刀の刃の小片、剃刀の刃をはじくバネ、それと超小型の婦人用時計によく使われている目覚まし装置。それだけあればできる。カプセルはあとから充塡できるようにする?」

「そうしてくれ。私が自分で中身を入れて密閉できるようにしてほしい。一週間でできるかな?」

「できるとも」とマルセルは言った。「簡単な仕掛けだよ」

翌朝、悲惨な知らせが届いた。なんと、あの色惚けあばずれ女のシモーヌが出勤するなり、研究所に保管してあった〝雌犬《ビッチ》〟の残りの全量――9ccをそっくり体に振りかけてしまったのだ。そうしてアンリの背後からそっと忍び寄ったらしい。彼はちょうど机に向かって調合法を記録しているところだった。

次に何が起こったかは言うまでもない。しかも最悪なことに、この愚かな女はアンリが重い心臓病を抱えていることを忘れていた。なんたること、彼は階段をのぼることすら許されていなかったというのに。においの分子に襲われたとき、哀れなアンリが助かる見込みはいささかもなかった。彼はものの一分もしないうちにこと切れていた――いわゆる腹上死だ――それで一巻の終わり。

あの悪魔のような女はせめて彼が処方を書きおえるまで待つべきだった。実のところ、アンリは書きつけひとつ残していなかった。彼の遺体が運び出されたあと、研究室を探しまわったのだが、何も見つからなかった。私は決意をそれまで以上に固くした――この世に唯一残された1ccの〝雌犬《ビッチ》〟はなんとしても有効に活用せねばならない。

一週間後、私はマルセル・ブロソレから見事な出来栄えの小さな装置を受け取った。時限装置は見たこともないほど小さな時計でできていて、これがカプセルやその他のパーツと一緒に八分の三インチ四方の小さなアルミニウム板に取りつけられていた。マルセルはカプセルを充填して密閉するやり方と、タイマーの設定方法を教えてくれた。私は彼に礼を言って代金を支払った。

それからすぐニューヨークに飛び、マンハッタンの〈プラザ〉ホテルに部屋を取った。到着したのは午後三時頃、チェックインをすませると風呂にはいってひげを剃り、ルームサーヴィスを頼んで、グレンリヴェットのボトルと氷を持ってこさせた。そうして、さっぱりとした体に部屋着をまとい、極上のモルトウィスキーをグラスにたっぷりと注いで、ふかふかの椅子に坐ってくつろぎ、その日の〈ニューヨーク・タイムズ〉を開いた。私のスイートからはセントラル・パークが一望のもとに見渡せ、開いた窓からセントラル・パーク・サウスを行き交う車の音やタクシーのクラクションの騒音が聞こえていた。新聞の第一面の比較的小さな見出しが眼にとまった。「大統領、今夜テレビに出演」。私は続く記事を読んだ。

「大統領は今夜、米国愛国婦人会が主催する晩餐会の席で重大な外交政策上の声明を発表する予定。晩餐会は〈ウォルドーフ＝アストリア〉ホテル本館のボールルームで開催される……」

これはこれは、なんという幸運！

私はこのような好機が訪れるまで、ニューヨークで何週間でも待つつもりだった。アメリカ合衆国大統領が大勢の女性に囲まれてテレビに登場するなど、めったにあることではない。これこそ私の狙いどおりの状況だった。あの男はこれまで実に巧妙に立ちまわってきた。何度となく下水溝に転落し、悪臭にまみれながらも、必ずそこから這い上がってきた。そして、その度に悪臭の根源は自分ではなく、ほかの人間なのだと国民に思い込ませることに成功してきた。だから私は思ったのだ――それでも、国じゅうの二千万人の視聴者が見守るまえで婦人を強姦してしまったら、そいつがいかにその事実を国民に否定しようと、それはどう考えても容易なことではないと。

私は記事をさらに読んだ。

「大統領のスピーチは午後九時からおよそ二十分間の予定。全国の主要テレビ局によって放送される。大統領を紹介するのは米国愛国婦人会の現会長、ミセス・エルヴィラ・ポンソンビー。〈ウォルドーフ・タワーズ〉のスイートでインタヴューに応じたミセス・ポンソンビーは……」

まさに完璧だ！　ミセス・ポンソンビーは大統領の右隣りに坐る。九時十分きっかりに――大統領のスピーチが中盤に差しかかり、合衆国の全人口の半分が画面を見ているそのとき――ミセス・ポンソンビーの胸元にひそかに取り付けられた小さなカプセルが割れて、1ccの〝雌犬《ビッチ》〟が彼女の金ラメの夜会服にじわりとにじむ。大統領が顔を起こす。ひくひくと鼻を蠢かす。その眼が見開かれ、鼻孔がふくらみ、やがて種馬のように荒い鼻息を立てはじめる。そして突然、ミセス・ポンソンビーのほうを向いてつかみかかる。彼女が食卓に倒れると、大統領はその上に乗っかり、パイ・ア・ラ・モードやストロベリー・ショートケーキが四方八方に飛び散る。

私は椅子の背にもたれて眼をつぶり、その愉快な光景を賞味した。翌朝の新聞の見出しが眼に浮かんだ。

「大統領、過去最高のパフォーマンス」
「大統領の秘部、国民に大公開」
「大統領、成人向け放送を開始」

などなど。

彼は翌日弾劾され、私はそっとニューヨークを抜け出してパリに戻る。考えてみれば明日にはもう帰れるのだ！

時計を見ると、そろそろ四時になろうとしていた。私は急ぐことなく身支度をした。それからエレヴェーターで一階ロビーに降りて、マディソン・アヴェニューに向かってぶらぶらと歩いた。六十二丁目のあたりでちょうどいい花屋を見つけ、その店で巨大な蘭の花が三本合わさったコサージュを買った。蘭の種類はカトレアで、白と紫の斑だった。とことん俗っぽいものだ。ミセス・ポンソンビーも同類にまちがいない。そのコサージュを立派な箱に入れて、箱に金色のリボンをかけてもらった。そうして箱を抱えて〈プラザ〉に戻り、自分のスイートに引き上げた。

万一メイドがベッドメイキングに来るといけないので、廊下に出るドアにはすべて鍵をかけた。それから鼻栓を取り出し、丁寧にワセリンを塗り、鼻の穴にしっかりと押し込んだ。さらにアンリがやっていたように、万全を期して、顔の下半分を外科用のマスクで覆った。これで次の段階に進む準備が整った。

どこにでもあるスポイトを使って、貴重な1ccの〝雌犬《ビッチ》〟を香水壜から小さなカプセルに移した。スポイトを持つ手が少し震えたが、なんとか無事にやり遂げた。カプセルを密閉した。それから小さな時計のねじを巻いて、正しい時刻に合わせた。五時三分。最後に、タイマーが作動してカプセルを割る時間を九時十分に設定した。

三本の巨大な蘭の茎は、花屋の手によって一インチ幅の白いリボンで結び合わされていた。リボンをほどいて、小さなカプセルと時限装置を木綿糸で茎に結び付けるのは造作もなかった。それがすむと、茎と装置のまわりにリボンを掛け直し、もとの蝶結びに整えた。われながら上出来だった。

次に〈ウォルドーフ〉に電話して晩餐会の予定を確認した。晩餐会は八時に始まるが、招待客は大統領が到着するよりさきに、七時半までにボールルームに集まる予定だということだった。

七時十分前、私は〈ウォルドーフ・タワーズ〉のエントランスまえでタクシーを降りて料金を払い、ホテルにはいった。小さなロビーを横切って、フロントデスクに蘭の箱を置いた。そして、デスクの上に身を乗り出すと、できるだけフロント係の耳に口を近づけ、かすかにアメリカ訛りをにじませて小声で言った。「ミセス・エルヴィラ・ポンソンビーにこれを届けにきた。大統領からの贈りものだ」

フロント係の男は疑わしげに私を見た。

「ミセス・ポンソンビーは今夜、ボールルームでおこなわれるスピーチのまえに大統領を紹介することになっているが」と私は続けた。「大統領は今すぐ彼女がこのコサージュを受け取ることを望んでおられる」

「では、ここに置いていってください。こちらで手配してお部屋に届けさせますから」と受付係は言った。

「それは駄目だ」と私は言った。「本人に直接手渡すようにとのご命令なんでね。彼女の部屋の番号は？」

有無を言わせぬ物言いが奏功したようだった。フロント係は素直に答えた。「ミセス・ポンソンビーは五〇一号室にいらっしゃいます」

私は彼に礼を言って、エレヴェーターに乗り込んだ。五階で降りて廊下を歩いた。エレヴェーター係は階を離れず、私をじっと見送っていた。私は五〇一号室のベルを鳴らした。

ドアを開けたのは、それまで見たこともないほど巨大な女性だった。サーカスの大女ならば見たことがある。女性レスラーや女性の重量挙げ選手も見たことがある。キリマンジャロ山麓の平原ではマサイ族の大女も見た。しかし、これほどまでに――背丈といい幅といい厚みといい――すさまじくヴォリュームのある女性を眼にするのは初めてだった。

加えて、これほどどこもかしこもぞっとさせられる女性というのも初めてだった。彼女はこの一世一代の晴れ舞台のために盛大に着飾ってめかし込んでいたが、ドアが開いたのち双方とも無言のまま過ぎた二秒のあいだに、私にはその大部分が見て取れた――一房の乱れもなくぴっちりと固めたてかてかの銀髪、豚のような茶色い眼、他人の問題を嗅ぎまわる長く尖った鼻、ねじれた唇、突き出た顎、白粉、マスカラ、真っ赤な口紅、そしてなにより衝撃的だったのは、ぎゅうぎゅうに寄せて持ち上げた結果、まるでバルコニーのように張り出した巨大な乳房。その重みでまえに倒れないのが奇跡と言ってもいいほど遠くまで突き出ていた。そんな途方もない巨乳の大女が、首から足元までアメリカ国旗の星条旗模様のドレスにくるまれて、その場に仁王立ちしていた。

「ミセス・エルヴィラ・ポンソンビー？」と私は消え入りそうな声で言った。

「そう、わたしがミセス・ポンソンビーだけど」と彼女は轟くような声で言った。「なんの用なの？　今とっても忙しいんだから」

「ミセス・ポンソンビー」と私は言った。「大統領からのご命令で、あなたにこれを直接お届けにまいりました」

とたんに彼女はその顔にうっとりとした表情を浮かべた。「まあ、おやさしい方！　なんてすばらしい方なんでしょう！」そう叫ぶと、巨大な二本の手で箱をつかんだ。私は箱を放した。

「晩餐会にお出かけになるまえに是非中身をご覧いただきたいとのことです」

「もちろん拝見しますわ」と彼女は言った。「でも、あなたのまえで箱を開けなければいけないのかしら？」

「よろしければ」

「いいわ、おはいりなさい。でも、あんまり時間がないのよ」

私は彼女のあとについてスイートの居間にはいると言った。「これは大統領《プレジデント》から会長《プレジデント》への真心のしるしというわけです」

「はっ！」と彼女は大声をあげた。「嬉しいことをおっしゃるのね！　なんて素敵な方なんでしょう！」そう言って、金色のリボンをほどいて箱の蓋を開けた。「やっぱり！」と彼女は叫んだ。「蘭だわ！　なんて見事なの！　わたしが今つけてるこの貧相な花よりずっと豪華だわ！」

私は彼女の胸に広がる星のまばゆさにすっかり眼がくらんで見落としていたのだが、彼女の左の胸元には一輪の蘭がピンでとめられていた。

「急いでつけ替えなくっちゃ」と彼女は言った。「大統領はわたしがこの贈りものを身につけることをきっと望んでおられるでしょうから」

「そうですとも」と私は言った。

さて、ここで彼女の胸がいかに前方に突き出していたかわかってもらうために、胸元のピンをはずそうとして、彼女が両手を目一杯伸ばしても、かろうじて指先が触れる程度だったことを述べておかなければならない。彼女はしばらくピンをいじりまわしていたが、胸が邪魔になって肝心の手元がろくに見えていないため、ピンは一向にはずれなかった。「この素敵な夜会服を破いちゃうんじゃないかと思うと、気が気じゃないわ。ねえ、あなたがやってちょうだい」そう言うが早いか、彼女はぐるりと向きを変えて私の顔面にその巨大なバストを突きつけた。私は二の足を踏んだ。「さあ、早く！」と彼女は大声をあげた。「一晩じゅうここでこうしちゃいられないんだから！」私はその巨大な胸に立ち向かい、なんとか彼女のドレスからピンをはずすことに成功した。

「今度は新しいのをつけてちょうだい」と彼女は言った。

私は一輪だけの蘭を脇に置いて、持参したコサージュを用心深く箱から取り出した。

「ピンはついてるの？」と彼女が訊いた。

「いや、ついていないようです」と私は言った。コサージュにピンを添えることをすっかり忘れていたのだ。

「別にかまわないわ。古いのを使いましょう」彼女はそう言って、古いほうの蘭から安全ピンをはずすと――私が止める暇もなかった――私が持っていたコサージュをつかんで、茎のまわりの白いリボンに勢いよくピンを突き立てた。その突き立てた場所が〝雌犬《ビッチ》〟を入れた秘密のカプセルを隠した場所とほとんど同じだった。ピンは何か固いものにぶつかり、それ以上刺さらなかった。彼女はもう一度突き立てた。ピンはまたアルミニウム板にぶつかった。「この下にいったい何があるの？」と彼女は鼻息荒く言った。

「私がやりましょう！」と叫んだが、手遅れだった。すでに穴のあいたカプセルからにじみ出た〝雌犬《ビッチ》〟が白いリボンに広がっており、百分の一秒後に私を襲った。そのにおいが私の鼻を直撃した。いや、においというようなものではなかった。においというのは実体がなく、触れられないものだ。ところが、それは確かな実体と感触をともなっていた。火のように熱い液体が高圧で鼻孔に噴射されたかのような、とことん不快な感覚だった。それがぐいぐい上昇しながら鼻孔を突き抜け、額の裏側を通って脳に達するのがありありと感じられた。突然、ミセス・ポンソンビーのドレスの星条旗模様がぐらぐら揺れだした。と思うまもなく、次には部屋じゅうがぐらぐら揺れはじめ、やがて自分の心臓の鼓動が頭の中ではっきりと聞こえた。まるで強力な麻酔をかけられたような気分だった。

その時点で私は完全に意識を失ったのだと思う――ほんの数秒間だけだったとしても。われに返ったときには、素っ裸でバラ色の部屋の中に立っていた。股間に妙な感覚を覚えた。下を見ると、わが愛しの生殖器が三フィートの長さとそれに見合う太さに成長していた。しかもそれはますます成長を続けていた。ものすごい早さで伸びつづけ、ふくらみつづけ、それと同時に私の体は縮んでいた――みるみる小さく縮んでいた。一方、私の驚くべき生殖器はぐんぐん成長を続け、どこまでも大きくなって、いつしか私の全身をその中に呑み込んだ。今や私は見事にそそり立った全長七フィートの巨大なペニスそのものと化していた。

部屋の中をひとまわりしてちょっとしたダンスを踊り、この自らの華麗なる変身を祝った。その途中、星条旗模様のドレスをまとったひとりの乙女に出会った。乙女というにはずいぶん大柄だったが。私は精一杯背伸びをして、大声で語りかけた。

夏の花は夏に甘い香りをもたらし、
夏の暑さにも負けじと咲き誇る。
それでも正直に言ってほしい、きみはかつて、
かくも雄大なる性器を見たことがあるか？

乙女は飛び上がって私にひしと抱きついてきた。そして、切々と声を張り上げた。

あなたを夏の日にたとえましょうか？
あなたを……ああ、なんと申せばよいのやら。
けれどもずっと口づけしたかった、
かくも雄々しくそそり立つ、あなたのような男性に。

次の瞬間、われわれふたりは何百万マイルもの空の彼方を飛んでいた。赤や金色の流星がシャワーのように降り注ぐ宇宙空間で、私は彼女の裸の背にまたがり、前屈みになって太腿で彼女をしっかりはさみ込んでいた。「もっと速く！」私は彼女の脇腹に拍車をあてながら叫んでいた。「もっとだ！」彼女はますますスピードを上げて疾駆し、た

てがみを太陽の光になびかせ、しっぽから雪煙を上げて、眼がまわるような高速で空の果てを駆けていた。私は圧倒的なまでの全能感に包まれていた。今や私は無敵だった。難攻不落の至高の存在だった。さながら宇宙の支配者のごとく、惑星を撒き散らし、恒星を手のひらにつかみ取っては投げ飛ばしていた。ピンポン玉のように。

おお、この恍惚、この陶酔！　おお、ジェリコとティルスとシドン！　壁が崩れ落ち、天空が瓦解したあと、爆発の煙と炎の中から〈ウォルドーフ・タワーズ〉のスイートの居間が私の意識の中に戻ってきた、雨の日のように。部屋の中は眼もあてられない惨状を呈していた。大竜巻の被害ですらかくやと思わせるほどのものだった。私の服は床の上にあった。私は大急ぎで服を着はじめ、三十秒ほどで着おえた。そして、急いでドアに向かいかけたそのとき、部屋の隅にひっくり返っていたテーブルの陰のどこかから声がした。「もしもし、そこのお若いあなた、どこのどなたか存じませんが」とその声は言った。「おかげさまでわたくし、すっかり生まれ変わった気分だわ」

訳者あとがき

『飛行士たちの話』『あなたに似た人』『キス・キス』に続くロアルド・ダールの第四短篇集『来訪者』の新訳版をお届けする。

映画《チャーリーとチョコレート工場》の大ヒットなどもあって、日本では児童向け物語の書き手として広く知られるダールだが、こういう作品も、ま、ものしているのである。四作ともアメリカの男性誌《プレイボーイ》に書き下ろされたもので、どれもセックスにまつわる話だ。旧訳版の訳者、永井淳氏はそのあとがきに「――ニクソン前大統領らしき人物を揶揄する『雌犬《ビッチ》』の後半のどたばた調をいささかもてあますのは、『牧師の楽しみ』のあのベル・エポック風の典雅さを愛する読者のわがままか」と書いておられるが、そのあとがきが書かれたのが高度経済成長真っ只中の今からほぼ四十年前、その頃がもはや古き良き時代になりつつある昨今、本書を久しぶりに読んで訳した新訳者としては、そのどたばたにこそベル・エポックのにおいを感じた。

まずは巻頭を飾る表題作の「来訪者」だが、本作の語り手、オズワルド・ヘンドリクス・コーネリアスは巻末の「雌犬《ビッチ》」にも登場する。この希代の紳士はダールにしても自ら興味を大いにそそられるキャラクターだったのだろう、その後、オズワルドを主人公にしたその名も『オズワルド叔父さん』という長篇を書いている。しかし、このご仁、どう見ても成金である。これまで「味」や「世界チャンピオン」などでダールが容赦なく揶揄してきた人種である。加えて自らの趣味に関するうんちくをやたらと垂れたがるスノッブであり、差別主義者であり、おまけに一度関係を持った女とは二度と相見えないなどとうそぶく好き者だ。どう考えても嫌なやつである。にもかかわらず、どこか愛すべきところを備えている。そんなふうに思えるのは――あるいは、大方の読者がそんなふうに思わせられてしまうのは――作者が作品にそれ相応の仕掛けを施しているからだが、そういう仕掛け云々以前に、「来訪者」にしろ「雌犬《ビッチ》」にしろ、どちらもなによりほら話めいているからだろう。ほら話であるかぎり、われわれ読者はことさらリアリティを求めない。ほら話というのはむしろどこか突き抜けてしまっているところに興趣がある。それがオズワルド物のキモだろう。ただひとつ、「来訪者」のオチについてはどうか。ほら話といえども笑い飛ばせる類いのオチとはとても言えない。このあたりのことは、作品の時代性というものを抜きにして論ずることはもちろんできない。それでも、昔の映画を見ていると、若いお父さんがくわえ煙草で赤ん坊を抱き上げたりするシーンに出くわしたりしてぎょっとするが、あれと同じで、古き良き時代というのは、ある意味ではおおらかながら、現代の常識に照らすと無神経な時代でもあったということだろう。

二作目の「夫婦交換大作戦」。亭主たるもの誰しも一度は考える話……いやいや、そう言ってしまっては語るに落ちるか。しかし、ヴィクとジェリーというのはどこにでもいそうな亭主族である。また、オチもことさら意外なものでもない。それでも、にやりとさせられる。思いもよらず自信喪失させられたヴィクのしょげた顔が眼に浮かぶ。さらに考えさせられもする。ジェリーとサマンサはまだいいとして、ヴィクとメアリーのほうはこのあとどんな夫婦生活を送ることになるのか。人生は近くで見れば悲劇でも遠くから見れば喜劇、というのはチャップリンの名言だが、このヴィクとメアリーの夫婦について言えば、これが逆になってはいないだろうか。近くで見ると笑ってしまうが、遠くから眺めると、この夫婦、すごく不幸な夫婦だったりして。お互い知らなくてすんでいたことを知ってしまったことの悲劇。しかし、知らぬが仏とはいうものの、知らなければそれで果たして幸せだったと言えるのかどうか。案外、事情は複雑だ。もっとも、すべてはよからぬことを企んだヴィクの自業自得ではあるのだが。

三作目の「やり残したこと」は本書に収められている四作の中では異色作と言える。ほかの三作はいわゆる艶笑譚だが、この作品のトーンは暗くてどこまでもシリアスだ。ダールが描く世界を『キス・キス』旧訳版の訳者で作家の開高健氏は〝残酷で、皮肉で、薄らつめたく、透明でシニカル〟と評しておられるが、本作にはその評がどんぴしゃりあてはまる。復讐譚と言えば言えなくもないだろうが、この結末に計画性はない。あくまで偶さかの結果だろう。それでも読者は考えさせられる。コンラッドはアナのことをどう思っていたのだろう？　二十五年間ずっと恨みを抱きつづけていたのだろうか。それとも再会して話をしているうちに、忘れていた恨みが沸々と沸き起こってきたのか。あるいは〝やり残したこと〟に及んで急に残酷な気持ちになったのか。コンラッドという医師のねじれた心理とうすら寒さばかりがいつまでも心に残る。ダール作品には女性に対して冷ややかなものが少なくないが、本篇はそんな中でも一、二を争う一篇だろう。

オズワルドが再登場する「雌犬《ビッチ》」はどこまでも愉快なこれぞほら話。疑似科学を作品に活用するのはダールのお家芸だが、本作で語られるそれもなかなかまことしやかだ。ひょっとしたらひょっとするかもと思わせられる。また、男を獣にする香水の名が〝雌犬《ビッチ》〟というのも気が利いている。加えて、男が獣になれば女も獣になるものと決めつけているところがいかにもダールだ。オズワルドは若くして巨万の富を築くわけだが、実のところ、それはこの香水と同じ効果のある錠剤の売買によるもので、『オズワルド叔父さん』でそのことが明かされる。オズワルド本人がまったくもって不本意な相手と不本意なことになってしまい、その相手に不本意なことを言われるこの作品の結末。そのときのきまり悪そうなオズワルドの顔が眼に浮かぶようで（会ったことはないが）訳者は四作の中で一番笑えた。ついでながら、感きわまったオズワルドと〝乙女〟が吟じ合うのは、シェイクスピアのソネット集九十四番と十八番のもじりである。

四作ともどれも下ネタながら、これまた尽きぬイマジネーションに遊ぶロアルド・ダール・ワールド。ご堪能いただければ幸いである。

最後になったが、本書の訳出に際しては、新進翻訳者の大谷瑠璃子さんにお手伝い願った。そのことを記して謝意を表しておきたい。

二〇一五年六月

本書は、一九八九年十月にハヤカワ・ミステリ文庫より刊行された『来訪者』の新訳版です。

ロアルド・ダールは優れた小説を執筆するだけにとどまらない…

この書籍に関する著者印税の10%が〈ロアルド・ダール・チャリティーズ〉の活動に利用されていることはご存知でしょうか。

〈ロアルド・ダール・マーベラス・チルドレンズ・チャリティー〉
ロアルド・ダールは長短篇小説の書き手としてだけでなく、重病の子供たちを援助していたということでよく知られています。現在〈ロアルド・ダール・マーベラス・チルドレンズ・チャリティー〉はダールがひどく気にかけていた、神経や血液の疾患に悩む何千もの子供たちを手助けするという彼の偉大な事業を引き継いでいます。この事業では、英国の子供たちを看護したり、必要な設備を整えたり、一番大切な遊び心を与えたりして、先駆的な調査を行なうことであらゆる地域の子供たちを助けています。

子供たちの援助に是非とも一役買いたいという方は、以下のウェブサイトをご覧ください。
www.roalddahlcharity.org

〈ロアルド・ダール・ミュージアム・アンド・ストーリー・センター〉は、ロアルド・ダールがかつて暮らしていたバッキンガムシャーの村グレート・ミッセンデン（ロンドンのすぐ近く）に位置しています。この博物館の中核をなすのは、読書や執筆を好きになってもらうことを目的とした、ダールの手紙や原稿を集めたアーカイブです。またこの博物館には楽しさでいっぱいの二つのギャラリーのほかに、双方向型のストーリー・センターがあります。こちらは家族や教師とその生徒たち向けに作られた場所で、エキサイティングな創造性の世界や読み書きの能力を発見するところです。

www.roalddahlmuseum.org

Roald Dahl's Marvellous Children's Charity の慈善団体番号：1137409
The Roald Dahl Museum and Story Centre (RDMSC) の慈善団体番号：1085853
新設された The Roald Dahl Charitable Trust は上記二つの慈善団体を支援しています。

＊寄付された印税には手数料が含まれています。

訳者略歴　1950年生，早稲田大学文学部卒，英米文学翻訳家　訳書『八百万の死にざま』ブロック，『卵をめぐる祖父の戦争』ベニオフ，『刑事の誇り』リューイン，『あなたに似た人〔新訳版〕』ダール（以上早川書房刊）他多数

HM=Hayakawa Mystery
SF=Science Fiction
JA=Japanese Author
NV=Novel
NF=Nonfiction
FT=Fantasy

来《らい》訪《ほう》者《しや》
〔新訳版〕

〈HM㉒-12〉

二〇一五年七月　十　日　印刷
二〇一五年七月十五日　発行

（定価はカバーに表示してあります）

著者　ロアルド・ダール
訳者　田《た》口《ぐち》俊《とし》樹《き》
発行者　早川浩
発行所　株式会社　早川書房

郵便番号　一〇一 - 〇〇四六
東京都千代田区神田多町二ノ二
電話　〇三 - 三二五二 - 三一一一（大代表）
振替　〇〇一六〇 - 三 - 四七七九九
http://www.hayakawa-online.co.jp

乱丁・落丁本は小社制作部宛お送り下さい。
送料小社負担にてお取りかえいたします。

印刷・中央精版印刷株式会社　製本・株式会社フォーネット社
Printed and bound in Japan
ISBN978-4-15-071262-4 C0197

本書は活字が大きく読みやすい〈トールサイズ〉です。